King & Queen

キング&クイーン

柳広司

Koji Yanagi

講談社

キング&クイーン

本書は書き下ろしです

気がつくと、死神が目の前に立っていた。

あれは、いったいどこの街で起こったことだったのだろう？　それに季節は？

ホールの中央にはテーブルが二列に並べられ、まるで地獄までつづくレールのように見える。

テーブルの一方には、黒い上着を着て、むっつりとした顔で座る年配の者たち。

ホールを支配しているのは、奇妙に張り詰めたような沈黙だ。

それから――。

あのとき起きたことは、今でも一つずつ取り出して指でなぞることができるくらい細部をはっきりと覚えている。そのくせ全体を思い出そうとすると、高い熱に浮かされたときにくりかえし見る恐い夢のように、妙に現実離れした、ぼんやりした記憶のように思えてならないのはなぜだろう……。

もう一度、記憶に尋《たず》ねよう。

あのとき、あの場所で、いったい何があったのか？

気がついたときには、死神がテーブルを挟んですぐ目の前にいた。

煌々《こうこう》と明かりの灯《とも》る、だだっ広いホールの中、逆光でもないのに死神の顔はなぜかそこだけが闇で塗りつぶされたように真っ暗だ。

一瞬の沈黙。

死神が顔をあげた。

黒い仮面の一部がひび割れ、白い歯が見える。

それから――。

世界を打ち壊し、薙《な》ぎ払い、破滅へと導く、あの声が聞こえる。

——さあ、ゲームの始まりだ。

1

東京には空がない。

昔、ある詩人がそんな言葉を詩に書いたそうだ。

だとしたら、六本木には夜がない。日暮れと同時にはじまる喧噪《けんそう》は時計の針とともににぎわいを増し、深夜をすぎたあたりでピークを迎えて、空が白むまで続けられる。

「つまり、この街に〝夜空〟なんてものはどうやっても見つからないわけです。なぜって、東京には空がない。六本木には夜がない。だから夜空は二重の意味で存在しない。……ねえ、僕の話、聞いてくれてる？」

カウンターのなかに立った冬木《ふゆき》安奈《あんな》は、表情一つ変えぬまま、無言で軽くうなずいてみせた。

さっきからつまらない小ネタを披露していた酔客は、途端にげんなりした顔になった。

「あらー、あいかわらず愛想ないのねー。いつものことだけど……。それじゃ、これはどう？

『地獄とは他者のことだ』とサルトルは言った。僕が思うに彼は間違っている。本当の地獄とは、どこかに閉じ込められて、チェス盤はあるのに相手がいない状況のことだ……」

肩をすくめ、今度は首を横にふる。酔客はがっくりと首を垂れた。

「しかし考えてみれば、この状況も充分に地獄だな……。ま、いいか。いつものやつちょうだい」

差し出された空《から》のグラスを、安奈は手を伸ばして受け取った。

午前二時。

肌の色も人種も国籍も年齢も性別も異なる様々な者たちでにぎわう深夜の六本木の交差点から一ブロック先。俳優座の脇の細い通りを一本入った雑居ビルの四階にあるバー〈ダズン〉は、文字どおり、カウンター席に客が十二人《ダース》並べばそれで一杯になる小さな店だ。

安奈がこの店で働き出してもうすぐ半年。

隠れるところのないカウンターの内側に立ち、酔客の不躾《ぶしつけ》な視線にじろじろと眺められることにもようやく慣れた。

もっとも、階段の下に店の名刺を張りつけてあるだけだから、入って来るのはほとんどが常連客にかぎられる。最初は珍しがってあれこれちょっかいを出していた常連客たちも、安奈の無愛想ぶりに恐れをなしたらしく、最近では意味ありげな視線を向けることも、声をかけてくることも滅多になくなっていた。

——ねえねえ、六本木には夜空がないって知ってる？

などと、なれなれしく話しかけられたのは久しぶりのことだ。

若い女性が妍《けん》を競うこの街にあって、安奈は目を引くほどの美人というわけではない。が、彼女の百七十センチを超す、細身の引き締まった体つきは、すれ違う男たちの顔を思わず振り返らせる。

実際に声をかけられることは、しかし、ほとんどなかった。

振り返った男たちの多くは、安奈の顔に浮かぶひどく不機嫌そうな表情に気づいた瞬間、互いに目配せを交わし、肩をすくめて通りすぎる。時折、酔った勢いで声をかけてくる者もいたが、突き刺すような無言の一瞥《いちべつ》を浴びてたちまち沈黙することになった。

安奈はカウンターの内側で背筋を伸ばすと、軽くあごを引き、目を細めるようにして店内を確認した。

カウンターに客が五人。入口近くのスーツ姿の男性三人組と、その隣、さっきから安奈に話しかけていた、五十代、白髪の目立つ髪を七三になでつけ、銀縁眼鏡をかけた酔客は、いつもの顔ぶれだ。一番奥の席に珍しい女性の一人客。はじめて見る顔だ。店に来て最初にジンジャーエールを注文したきり、あとはグラスの氷が溶けるのを無言で眺めている。誰かと待ち合わせなのだろうか？

ふと、かすかな違和感を感じて眉《まゆ》を寄せた。

理由を考えていると、視界の端からすっと手が伸びてきて、カウンターの上にグラスが置かれた。

氷を入れたオールドファッションドグラス。淡いピンクの液体が注がれている。

アイスブレーカー。

ダズンのオーナー・バーテンダー、袴田亨《はかまだとおる》店長お得意のカクテルの一つだ。

袴田店長はカウンターに伸ばした手を戻しながら、一瞬たしなめるような視線を安奈に向けた。年齢不詳。たぶん、三十代後半だろう。ぽちゃぽちゃとした体つきの、小柄な男だ。いつも上げ底靴を履いているので正確なところはわからないが、身長は安奈の方が高い。店ではつねにしわ一つない白シャツに、ぴしりとした蝶ネクタイ、栗色に染めた髪をいつもきれいになでつけ、深夜を過ぎた時間だというのにわずかな崩れも見せない。カクテルを作る腕前には定評があり、実際コンテストでは何度も優勝したことがあるという。いや、それはともかく——。

「起きて、ヒロさん。はい、いつものやつ。アイスブレーカーで良かったのよね？」

カウンターの上に両肘をついて目を閉じ、半分眠っていた常連客が、はっとしたように顔をあげた。一、二度、目をしばたたき、目の前のグラスと袴田店長の顔を順番に見比べて、それからようやく口を開いた。

「うん、そう。これこれ。間違いない。ありがとう、亨ママ」

「どういたしまして。……はいはい、ただいまー」

袴田店長はにこりと笑うと、別の客が呼んだ声に応えてその場を離れた。

ゲイを公言している袴田店長は、店では常連客に〝店長〟もしくは〝マスター〟ではなく〝亨ママ〟と呼ばせている。どんな違いがあるのか、実のところ安奈にはよくわからなかったのだが、自分の店だ、呼び方など好きにすればいい。

一方〝ヒロさん〟と呼ばれた常連客――以前渡された名刺には、たしかどこかの大学の名前とともに〝広沢進〟と名前が印刷されていた――は、いつものカクテルを一口飲んで目が覚めたらしい。

「そうだ。安奈ちゃん、アイスブレーカーの意味って知ってる?」

「……氷砕機《ひょうさいき》、ですよね?」

低い声で答えた。

「うーん、惜しい! いや、氷砕機という意味もあるんだけどね、そこから転じて〝その場を和《なご》ませるもの〟という意味なんだ。ほら、ちょうど僕のジョークみたいなもんだよ。ハハハ」

安奈は冷ややかに目を細めた。第一に、氷砕機という意味があるのなら「惜しい」は変だろう。第二に――。

「あら。このへん、なんだか寒いわね」

袴田店長がおおげさに自分の腕のあたりをさする仕草をしながら戻ってきた。

「まさかヒロさんお得意の氷砕機ジョークが、安奈ちゃんを凍らせちゃったんじゃないでしょうね?」

「助けてよ、亨ママ」

広沢が袴田店長に泣きついた。

「安奈ちゃん、いくらなんでも硬すぎるよ。どんな氷砕機でも無理じゃない? 女王様キャラ?

だいたい、おかしいでしょ、バーの女の子がこんなに無愛想だなんて。とくに酒に詳しいわけでもなさそうだし……。なんでこんな子雇ったの？」

「それは、ほら」

袴田店長はカウンター越しに身を乗りだし、広沢の耳元に囁くように言った。

「うちは、このとおり女手一つでしょ。だから、用心棒」

「用心棒って……」

広沢は呆れたように口を半開きにして、いまのジョークのどこが面白いのかを考えるように首をひねった。

ドアが開き、新しい客が入ってきた。反射的に目を向けると、一目で水商売とわかる派手なかっこうをした若い女と、店の客らしいサラリーマン風の男の二人連れだった。

若い女はリコ。近くにあるクラブ〈マグノリア〉のホステスだ。いわゆる店のアフターで飲みに来たのだろう。男の方は、すでにだいぶん酔っているようだ。三十代半ば。学生時代にラグビーか、あるいはアメフトでもやっていたらしく、首が太く、胸板の厚い、がっしりとした体格の男だった。

「亨ママ、久しぶりー」

鼻にかかる甘い声に、安奈は思わず眉をよせた。

久しぶりもなにも、リコはほぼ連日ダズンに顔を出している。

ちょうど入口近くの三人組の常連客が帰り、入れ替わるようにして二人が椅子に腰を下ろした。

二人が入って来た瞬間から、安奈は嫌な予感がしていた。

今日のリコはいつにもましてテンションが高く、ずっと袴田店長に話しかけている。一方、連れの男は酔いのまわった目つきで、カウンターの上のバーボンの水割りには最初に口をつけたきり、後は周囲の目も憚《はばか》らず、大きく開いたリコのドレスの胸元にじっと視線を据えている。内側からは見えないが、カウンターの下ではおそらく、リコが執拗《しつよう》に伸ばされてくる男の手を押さえ、あるいは振り払うのに忙殺されているはずだ。

リコとたわいもない話をつづけていた袴田店長が、ふと、安奈の視線を捉えて目配せをした。

安奈は思いきり顔をしかめてみせた。

「ごちそうさま。また来るねー」

リコが立ち上がった。連れの男も一緒だ。

――仕方がない。

男が勘定を済ませる間に、安奈はカウンターの中を移動した。店の裏から出て、非常階段を足早に駆け降りる。

ビルの外は、深夜二時だというのにまだ妙な熱気が残っていた。

ふうっ、と一つ息をついたところで、エレベーターのドアが開いた。

リコと連れの男が、もつれるように狭い箱の中から出てきた。

「ちょっと、やめてよ。やめて！　だから、今日はダメだって言ってるでしょ！」

リコは顔を背けながら、密着してくる男の体を懸命に引き離そうとしている。が、男はたくましい腕をリコの体に巻きつけ、容易なことでは離れない。

安奈は二人につかつかと歩み寄り、背後から男の肩に手を置いた。

「……なんだよ？」

男が振り返り、酔いのまわった目を細めて凄んでみせた。

軽く首を振ると、だが、男は逆に苛立ったように乱暴に安奈の手を振り払い、さらに突き飛ばそうと手を伸ばしてきた。

その手首を取り、逆に捻る。と同時に、体を低く沈めて相手の重心を前に崩した。

男には一瞬、自分の身に何が起きたのか分からない様子だった。

体がふわりと宙を舞い、気がついた時には、生暖かさの残るアスファルトに頬を押しつけられていた。右手は、背後に捻られた不自然な恰好だ。

「ねえ、大丈夫？　酔っ払っちゃったの？」

リコが心配そうな声で、男の耳元に尋ねた。

背後に捻った腕に軽く力をかけると、男は促されるまま素直に立ち上がった。

「あーあもう、派手に転んじゃって……。怪我はないわよね？」

正面に回ったリコが、男の頭の天辺から足の先まで入念に点検した。派手に転んだわりには、かすり傷ひとつ負っていない。

男はキツネにつままれたような顔で、目をぱちつかせている。

酔いは、一気に醒《さ》めた顔つきだった。

リコが道に出て手を挙げ、空車サインの出ているタクシーを止めた。開いたドアに男を押し込むようにして乗せ、胸の前で小さく手を振って言った。

「ホント、今日はごめんねー。また今度ゆっくり飲みにきてね。あとでメールするね。……たぶん、だけど」

最後の言葉は口のなかで呟《つぶや》き、男を乗せたタクシーを手を振って見送った。

テールランプが遠ざかると、リコは途端にぷっと頬をふくらませた。

「あー、面倒くさ！」

唇をとがらせて呟いたその時、頭の上から声が聞こえた。

「……用心棒？」

顔をあげると、さっきダズンのカウンターで飲んでいた広沢が非常階段の途中から顔を覗かせていた。ポカンと口を開け、眼鏡の奥の目を丸くしている。

リコが広沢ににこりと笑いかけ、軽く手を振ってみせた。それから、憮然《ぶぜん》とした顔で立っている安奈に腕を絡め、二人でエレベーターに向かった。

広沢が慌てた様子で非常階段を駆け降りてきて、後ろから尋ねた。

「待って……どういうこと？　今のはいったい……？」

「すごいっしょ」

安奈に腕を絡めたまま、リコが肩ごしに振り返り、片目をつむってみせた。

「なんてったって、安奈さん、元SPだもの」

「エス、ピー……？」

エレベーターのドアが開いた。

乗り込む瞬間、リコは安奈の足下に目を向け、一瞬足を止めた。片手を口に当て、呆れたように言った。

「うそっ、安奈さん。今日ヒールじゃなかったんだ？」

「安奈ちゃんが、元エスピーって、まさか、あの……？」

尋ねた広沢の鼻先で、エレベーターのドアがゆっくりと閉まる。

チェシャ猫のようなリコの笑顔と安奈の憮然とした顔の残像を残して、二人の姿が見えなくなった。

2

セキュリティ・ポリス。

通称〝SP《エスピー》〟。

ある特殊任務を遂行する専従警察官を指す。

本来英語でセキュリティ・ポリスは公安《こうあん》警察を意味するが、野球の〝ナイター〟同様、SPは純然たる和製英語であり、役割としてはむしろアメリカのシークレットサービスに近い。

要人警護《VIP》、或いは対人警護。

それが彼らの任務だ。

SPは、警察官でありながら、犯罪捜査や地域警戒、交通取り締まりといった一般の警察活動には一切タッチしない。警護対象に二十四時間張りつき、万が一危険が及ぶ場合は我が身を投げ出して警護対象を守る、極めて専従制の高い特殊任務だ。

所属は「警視庁警備部警護課」。

警備部警護課は四つの係からなり、第一係は内閣総理大臣、第二係は国務大臣、衆参両院議長、第三係は海外からの要人、在日大使などの警護、第四係は「機動警護班」と呼ばれ、警護の増員や欠員が出た際の対応に当たる。

SPになるためには厳しい条件が課せられる。

身長百七十三センチ以上。

階級が巡査部長以上で一年以上の実務経験者。

柔道もしくは剣道三段以上。

射撃上級。

これらの条件を満たし、かつ警察署内の上司からの推薦を受けた者たちが一ヵ所に集められ、三ヵ月に及ぶ特殊な訓練によってふるいにかけられる。

訓練の主眼は〝不適者を弾《はじ》く〟こと。ここで志願者の四十パーセント以上が落第し、本隊への復帰を命じられることになる。

性別によるハンディは原則的に認められない。

結果、ＳＰに占める女性の割合は極めて低くなる。

二年前——。

安奈は、この厳しい条件と訓練をクリアしてＳＰになった。

いや、実を言えば、志願した時点で安奈は「柔道もしくは剣道三段以上」の条件を満たしていなかった。その代わり、署内で行われた逮捕術大会で優勝という輝かしい成績を収め、特例の形で上司の推薦を受けることができたのだ。

安奈の祖父、冬木遍《あまね》は合気道、及び古武術の大家として知られ、八十歳を過ぎた今も地元で道場を開いて、地域の人々に教えている。物心つく前から祖父の道場で遊んでいた安奈は、見よう見まねで稽古をはじめた時点ですでに抜群の素質をみせ、十代半ばにはもう師範クラスの大人たちが舌を巻くほどだった。

——やっぱり血筋にはかなわないな。

細っぴいの中学生の女の子に簡単に投げ飛ばされ、腕を極められ、やすやすと押さえ込まれた大人たちは、悔し紛れにそんなことを言った。が、彼らはいつもすぐに慌てたように口を閉ざすことになる。

血筋というだけなら、もっと相応《ふさわ》しい人物がいる。

安奈の父、冬木周一《しゅういち》。

冬木遍は息子周一に子供の頃から厳しい修行を課した。無論、己が技を伝授し、あとを継がせようと思ったのだ。だが、武術に関する限り、この血筋はまるで意味がなかった。なるほど段階を踏んだ修行によって、誰でもある程度の腕前に達することができる。だが、そこから先、言葉にはできない繊細微妙な動き、相手の動作が始まる前に察知し、対応する特殊な能力——つまり奥義《おうぎ》と呼ばれるものは、選ばれた者しかそれを手にすることができない。冬木遍は何とか己が到達した奥義を息子に伝えようとして、結局諦めざるをえなかった。一人息子である周一は、いくら示してみせたところで、いつまで経ってもそこに開けるべき扉があることさえわからない様子で、きょとんとしていたのである。

冬木周一はその後、交番に勤務する生真面目な警察官となった。そして非番のある日、酔っ払い同士の喧嘩を止めに入り、一人の男が逆上して取り出した刃物で刺されて、呆気なく命を落とした。

安奈が五歳の時だ。

何年か後、母はある商社マンと恋に落ち、再婚して家を出ていった。

安奈は祖父のもとに留まることになったが、これは母が幼い娘を置いていったと言うよりは、むしろ祖父が幼い孫の内に己の技を引き継ぐ才能を見てとり、安奈を手放そうとしなかったからだ。

祖父が睨んだとおり、成長するにつれ安奈は教えられることを何の苦もなく吸収していった。

素手の相手に対してはもとより、短剣を持つ相手の制圧法、居合術、長剣の間合いをいかに無効化し、かつ圧倒するか。さらには、複数の同時掛かりを如何に凌《しの》ぎ、活路を見出すか……。

冬木遍は己の持てる技術、奥義を惜し気もなく安奈に教え込んだ。

安奈もまた、祖父の教えを乾いた砂が水を吸い込むように吸収した。


安奈が警察官になると言い出した時、祖父は猛反対した。

「お国に命をさしだすのは、周一ひとりで良い」

戦争を経験した世代らしく、苦い顔でそんなことまで口走ったくらいだ。だが、安奈は祖父の目をまっすぐに見て言った。

——わたしは、お父さんのようにはならない。

言葉の意味するところは、明白だった。

父は酔っ払いの喧嘩を止めに入って、刺されて死んだ。

しかし、その場に居合わせた人の話では、そのとき父は若い男が短刀を取り出すのを見ていたはずなのだ。それなのに、無造作に突き出された短刀に刺された。

別に不思議な話ではない。そのとき何が起きたのか、安奈には容易に想像がついた。

刃物に対する恐怖心は人の身体を竦《すく》ませ、強ばらせ、動きを凍てつかせる。ほとんどの人が、刃物が自分に向かって突き出されることがわかっていながら、為す術もなく致命的な瞬間を迎えてしまうのだ。ちょうど、ボクシングの訓練を受けていない者が、相手の大振りのパンチを目で追いながらも結局は殴られてしまうように。

だが、安奈なら——あるいは祖父であれば、簡単に刺されはしなかったはずだ。刃物を抜いた相手をどう制圧すべきか二人は熟知している。よほど特殊なナイフ技術を持った相手ならばともかく、逆上した若者ごときに刃物で刺される可能性は、現実にはゼロに等しかった。

亡くなった父について安奈がかすかに覚えているのは、いつもにこにこと人の好い笑みを浮かべ、近所の人たちの相談に乗っていた姿だ。派出所の裏に通じるドアの隙間から覗くと、父の大きな背中が見える。

父が着た深い紺色の警官の制服は、幼い安奈の憧れだった。

安奈も、最初からＳＰを目指していたわけではない。

が、警察官になり、組織の中を見回した時、自分に向いているのはＳＰしかないと確信せざるをえなかった。

〝警察では従来から女性職員の採用に積極的に取り組んでおり、毎年千人を超える女性警察官が採用されています。……犯罪被害者への女性警官ならではの細かな気遣いが活かされ……警察活動のすべての分野に女性の職域が拡大しています〟

そんな謳《うた》い文句は所詮は外に向けた建前であり、現実の警察組織は男が絶対多数を占める閉鎖社会だ。

課員として女性警官の配属を告げられた途端、あからさまに横を向き、舌打ちをする上司がいた。「この忙しいのに戦力減かよ」と、わざと聞こえるように言われるのは日常茶飯事だ。

女性警官が配属先で与えられる仕事としてはまず、お茶くみ、お使い、飲み会のホステス役。

もちろん、与えられた条件の中でうまくやっている者たちもいる。実際に〝女性警官ならではの細かな気遣いを活かし〟、子供や性犯罪被害者の心のケアに重要な仕事をしている者。あるいは、密かに猛勉強を重ね、昇級試験に同期の誰よりも早く合格し、ひたすら幹部への道を突き進む者。逆に、与えられた仕事を笑顔でこなし、男社会のなかでマスコット的存在として生きていくのも一つの手ではある。

だが安奈には、例えば父のように地域の人々の声に親身になって耳を傾けることはできそうになかった。昇給試験に向けての猛勉強も、犯罪被害者への女性警官ならではの細かな気遣いも、おそらく無理だ。ましてや、笑顔をつくることが苦手な安奈にとって、組織のなかでマスコット的存在として生きていくことなど想像もつかなかった。

——SPになりたいので推薦して欲しい。

そう申し入れたとき、当時の上司であった北出《きたで》課長は読んでいた書類から目を上げ、ぽかんとした顔で目をしばたたいた。

「きみ、SPがなんて呼ばれているか知っているの?」

眉を寄せて呟き、外した眼鏡をふきながら、諭《さと》すように続けた。

「バレット・キャッチャー。〝弾受け人〟だよ。SPの任務は、端的に言えば警護対象である要人の命の代わりに自分が的になること——要は、他人のために命を投げ出すことだ。その割に昇進や昇給などについて目に見える形で報われることが少ない。二十四時間態勢だから、昇進試験の勉強をする時間もない。大きな声じゃ言えないけど、要人テロの可能性が高まっているこの御時世、自分から希望を出すには、あまりうまみのない職務だと思うがね」

安奈が黙っていると、北出課長は肩をすくめて尋ねた。

「まあ、いいけど……。で、なんでまたSPを志願することにしたんだ？」

「どんな理由があるにせよ、暴力によって人の命を狙うことは許されません。その犯罪を未然に防ぐのが、警察官の重要な職務の一つであると考えたからです」

一言一言、まっすぐに瞳を向けて答える安奈に、北出課長はフンと一つ鼻を鳴らした。

北出課長は安奈の父と警察学校の同期で、仲が良かったらしい。父が刺されて亡くなった時、北出は葬儀の場で幼い安奈の頭に手を置き、「おじちゃんが、きっとお父さんの仇をうってやるからな」と泣きながら言って、周囲の者たちからきつくたしなめられた過去がある。

時は流れた。

すっかり白髪の目立つようになった北出課長は、ふたたび眼鏡をかけ、安奈に関する個人資料にちらりと目を落として言った。

「なるほどね。いまのままじゃ、柔剣道の段位不足か。今度、署内で逮捕術大会が開かれるんだけど……逮捕術大会。たしか、今まで一度も参加したことなかったよね？」

「道場外での乱取りは、祖父に止められていますから」

「それじゃまあ、とりあえず今度の大会に出て、優勝してよ。推薦の話はそれから考えよう」

北出課長はそれだけ言うと、ひらひらと手を振って安奈を追い払い、机の上の書類にふたたび目をむけた。

安奈は、祖父の言いつけに初めて背いた。

署内逮捕術大会に参加し、優勝したのだ。

約束どおり、北出課長から推薦を得た安奈は、警察学校での三ヵ月に及ぶ厳しい訓練――ふるい落とし――を経て、SPになった。

訓練後の配属は警護課第三係。

海外からの要人、あるいは在日大使などの警護を主たる任務とする係だ。

新人SPはたいてい、まずは四係に配属され、他の係に欠員が出た場合の応援要員として仕事を学ぶことが多い。そんな中、いきなり三係は異例の配属とも言える。一つには、ちょうどその時期海外からの女性VIPの来日予定が多数組まれていたためで、女性SPの存在は貴重だったからであろう。

配属が決まってからというもの、安奈には通常のSP訓練にくわえて、語学の習得に多くの時間が割かれた。とっさの場合、警護対象と最低限のコミュニケーションをはかれないようでは、警護任務に支障を来たしかねない。三係のSPたちにとって語学は必須だった。

幸い安奈は学生の頃から、語学学習でいうところの〝耳が良かった〟。問題があるとすればむしろ、普段からのぶっきらぼうな物言いのほうだった。警察学校に派遣されてきた語学教師は呆れたように「安奈さん、もう少し愛想よくできない？　スマイル！」と何度も注意したが、これればかりは直しようがない。もっとも、愛想笑いが出来ないからといってSPを辞めさせられる理由にはならなかった。

配属直後から、安奈は先輩ＳＰに交じって、要人警護の任務についた。警護対象が女性であるからといって、ＳＰ全員が女性であるわけではない。一名か、せいぜい二名の女性ＳＰがつくだけで、残りは全て男性ＳＰだ。

最初の頃こそ、任務終了後、上司である首藤《しゅとう》主任に呼び出され、短く叱責《しっせき》を受けることもあった。

が、それもすぐになくなった。

絶対に失敗を許されない任務。

わずかな過失が、直ちに警護対象の身体生命を危険にさらすことになる。一方で、逆に警戒しすぎて無用の騒ぎを起こせば、たちまちスキャンダルにつながる――。

いずれにしても、ＳＰの任務には〝勝ち〟は存在しない。

一瞬の隙も許されない緊張感に、身体を壊し、なかには精神を病んでいく者も少なくない。

だが、安奈はＳＰこそが自分の天職だと感じることができた。

デンマーク王女が来日した際は、王女が安奈の仕事ぶりに目を止め、わざわざ部屋に呼ばれて個人的に礼を言われたくらいだ。

安奈にとってＳＰの仕事は誇りであり、生きがいだった。だが――。

一年前。

安奈は自らＳＰを辞めた。

同時に、子供の頃から憧れだった警察官であることにも背をむけ、組織を去った。

ある一つの事件が、安奈にそうさせたのだ。

3

エレベーターを下りた瞬間、安奈は異変に気づいて眉を寄せた。

ダズンのドアに〈CLOSE〉の札が出ている。

午前二時を回ったところだ。

閉店までには、まだ大分時間がある。

リコはしかし、〈CLOSE〉の文字をまるで気にする様子もなくドアを開け、店に入っていく。

あとに続くと、カウンターの一番奥の席に一人だけ客が残っていた。最初にジンジャーエールを注文したきり、グラスの氷が溶けるのをじっと眺めていた〝一見《いちげん》さん〟の若い女性客だ。

リコがまっすぐに女性客に歩み寄り、わざわざ隣の椅子に腰を下ろした。

「どう、レンちゃん？　あたしの言ったとおりだったでしょ」

リコは女性客の顔を覗き込むようにしてそう言うと、くるりと安奈に顔を振りむけ、何やら思わせぶりな笑みを浮かべた。

突然、背筋にいやな寒気を覚えた。振り返ると、カウンターの中でグラスを磨いていた袴田店長までが、上目づかいにニヤニヤと笑いながらこっちを見ていた。

――なるほど、そういうこと……。

安奈はようやくことの次第に気づき、唇の端を歪めて渋い顔になった。

今夜の一連の騒ぎは、仕組まれたものだった。

リコは今夜わざと手に負えない客をアフターに誘い、この店に連れてきた。そして、安奈の手を借りて、面倒なアフター客にお帰りを願った――そういうことらしい。

袴田店長もこの一件を了解していた。

いや、筋書きを書いたのはリコではなく、袴田店長の方だろう。二人は共謀していた。わざわざこんな面倒な騒ぎをおこした目的は……。

安奈はカウンターの一番奥に座る〝レンちゃん〟と呼ばれた女性客に、あらためて視線を向けた。

肩まで届くまっすぐな黒髪。細面、切れ長の目の、すっきりと整った顔立ちの若い女だ。小柄な、華奢な体つき。上品な色づかいのワンピースからすらりとした白い腕が伸びている。年齢は二十三、四歳といったところか。化粧の仕方や服装の雰囲気から、まずリコの〝ご同類〟でないことだけは確かだが――。

ふと、さっき感じた違和感が甦った。何かが気になった。いったい何が……。

女が顔を上げ、正面から安奈を見た。軽く頭を下げ、自己紹介した。

「わたし、宋蓮花《ソウレンホア》といいます。L・A・《ロサンゼルス》から来ました。留学生です。どうかよろしくお願いします」

安奈は無言であごを引き、会釈を返した。

違和感の正体。

彼女が最初に店に入って来て袴田店長にジンジャーエールを注文した時、イントネーションがかすかに日本人のものとは異なっていた。訓練を受けた安奈の耳は、その時、広沢のつまらないジョークを聞かされながらも、彼女の言葉のわずかな違いに気がついた。一方で、その言葉がどこのものなのか特定できず、無意識にイライラしていたのだ。

原因に気づいて、安奈は皮肉な思いで苦笑した。

目の前の相手が何者なのか、正体を確かめずにはいられない——SPだった頃の後遺症だ。一度徹底的に身に染み込ませた習性は、一年や二年では忘れようとしても忘れられるものではない。いや、たぶんそうじゃない。本当は……。

頭に浮かんだ思いを振り払うように、自分から口を開いた。

「宋《そう》さん、と言ったわね」

「レンちゃん、でいいんじゃない？」

リコが横から口を出したが、安奈は無視した。現だろうが元だろうが、警察官には下の名前《ファーストネーム》を愛称で呼ぶ習慣はない。

「この人たちに何を吹き込まれて来たのか知らないけど……」

「お願いします。どうかわたしを助けて下さい！」

蓮花が急に切羽詰まった表情になり、身を乗りだすようにして言った。

「リコさんが教えてくれましたとおりです。安奈さんはクイーン——強い人です。さっきの、わたし見ていました。安奈さん、軽々と大きな男の人を投げ飛ばしました。とても強いです。だから、お願い。どうかわたしを助けてください」

そう言って、縋《すが》るような眼差しを安奈にひたと据えている。

——助けてください。

この街で、若くて、美しい女がそう言った場合、たいてい相場が決まっている。しつこくつきまとう男がいるので〝助けて欲しい〟。九分九厘、そんなところだ。

安奈は内心やれやれとため息をつき、妙な話をもってきた張本人たちを横目で睨みつけた。だが、リコも袴田店長もツラの皮の厚さにかけては国際凶悪犯《テロリスト》そこのけの連中である。安奈の突き刺すような視線など少しもこたえない様子で、相変わらずニヤニヤと笑っているだけだった。

安奈は無駄なことは諦め、ひとまずさっきの言葉を最後までつづけることにした。

「この人たちに何を吹き込まれて来たのか知らないけど、あなたを守ることは、わたしにはできない。わたしにはその資格がないの」

「そんなことはないですよ。わたし見ていました。安奈さんはとても強いです。資格あります。だからどうか……」

「そうじゃなくて」

安奈は手を上げ、相手の言葉を遮《さえぎ》って言った。

「日本では、資格を持たない者が他者の身辺警護を行うことは法律で禁じられているの。民間警護は違法とされる。わたしには警備員の資格がない。だから、あなたを守ることはできない――そういう意味よ」

蓮花は細い奇麗な眉を寄せ、困惑した表情になった。救いを求めるようにリコと、それから袴田店長に順番に視線を向けた。話が違う。彼女の顔にはそう書いてあった。

安奈はうんざりして、小さく首を振った。

二人がまた安請け合いしたのだ。

一年前。

〝自己都合〟で警察を辞め、寮を出た安奈にはそれきりどこにも行くあてがなかった。

――わたしは、お父さんのようにはならない。

警察に入る時、そう啖呵《たんか》を切って出てきた手前、祖父のもとに帰る気にはなれなかった。かといって、無条件に転がりこめるほど親しい友人もいない……。

ひとまず都内に借りたアパートで一人、漫然と暮らしていた安奈は、ある日ふらりと立ち寄った深夜のコンビニで、派手なかっこうをした若い女に声をかけられた。

「安奈さん？　やっぱり、安奈さんだ。わー、久しぶり」

一瞬目を細めた安奈は、相手の濃い化粧の下の顔にすぐに思い当たった。

警察官になってすぐの頃、安奈は一時期、生活安全課に配属されていたことがある。新人女性警察官に与えられた仕事は〝少年少女を犯罪から守る〟こと。要するに、夜の街をパトロールしていわゆる虞犯《ぐはん》少年たちの取り締まりをやらされていたのだ。

声をかけてきたのは、その頃知り合いになった——はっきり言えば〝補導した〟——女子高生の一人だった。補導理由は、深夜徘徊と喫煙。無論、叩けばその他にも色々と出てきたはずだが、面倒なので、その晩は簡単に注意を与えただけで帰してやった。すると彼女は何をどう勘違いしたのか、安奈のことがひどく気に入ったらしく、その後何度か自分から警察をたずねて来ては、安奈相手に他愛のない話をしていくようになった。

安奈がＳＰを志望して生活安全課を去る時、本件も別の課員に引き継いだ。が、安奈がいなくなったことを知ると、彼女はひとことも言わずにぷいと出て行き、それ以来一度も来なくなった——という話をあとで聞いていた。

「安奈さん、こんなところで何やってるの？　今日は非番？」

隠す必要はない。

警察を辞めたことを告げると、相手は化粧で強調した大きな目をいっそう丸くし、ぽかんと口を開けた。

「えっ、ウソ。安奈さん、警察辞めたんだ。でも、何で？」

安奈は無言で首を振った。

「あ、そっか。あたし知ってる。シュヒ義務ってやつがあるんだよね」

といかにも分別ありげな顔でうなずくと、何か思いついた様子で急にいたずらっぽい表情になった。安奈に腕を絡め、顔を覗き込んでにこりと笑って言った。

「それじゃ飲みに行こうよ。もうポリ公じゃないなら良いじゃん。あたし、前々から安奈さんといっぺん飲みに行きたいと思ってたんだー」

リコに無理やり引っ張られるようにして連れて来られたのが、ダズンだ。

その時、せがまれるまま携帯の番号を教えてしまい、それからはひんぱんにお誘いメールや電話が入るようになった。最初は面倒なので断っていたのだが、ある時、

――困ってることがあるから、どうしても相談に乗ってほしい。

とメールが入り、仕方なくダズンに出かけていくと、しかし、リコはいつまでもにこにこと機嫌よく飲んでいるだけだった。

「困っていることって、何?」

しびれを切らせて尋ねたところ、

「あ、あれ。ウソ、ウソ。だってああ言わなくちゃ、安奈さん、引きこもったきり、出て来てくれないじゃん」

と、あっけらかんとした顔で言われ、怒るべきか否か迷った挙句、結局無言でグラスの中身を呑み干した。

それから、安奈はリコと二人で時々ダズンに飲みに来るようになった。

補導当時女子高生だったリコは、卒業後六本木のクラブで働きはじめたという。

「えへへ。こう見えても、けっこう人気あるんだよ」

そう言って笑うリコの態度にはなにやらうさん臭い点がなくはなかったが、いずれにせよ、警察官でもない安奈が口出しすることではない。

何度目かにダズンに飲みに行った時、袴田店長から唐突に「この店で働いてみない？」と持ちかけられた。

条件を聞いて、安奈は眉を寄せた。この種の仕事の経験がない、しかも誰がどう見てもサービス業には不向きな安奈に提示するには、いささか過分な待遇だった。

真意をはかりかね、無言のまま視線を返すと、袴田店長はテーブル越しに身を乗り出し、意味ありげに片目をつむると、

「うちは、このとおり女手一つでしょ。だから、用心棒」

そう囁いて、カウンターの上に新聞の切り抜きを置いた。

記事に目を落とした安奈は、一瞬顔を強ばらせた。

デンマーク王女が来日した際の新聞記事。

アメリカのシークレットサービスとは異なり、日本のSPは任務中も濃い色のサングラス等で顔を隠すことはほとんどしない。日本国内ではその方が逆に目立ってしまうからだ。新聞の写真の片隅に写る、黒いジャケット姿の背の高い女――。

ピントは甘いものの、見る人が見れば安奈だとわかる。

袴田店長は安奈が元SPと知っている。提示された給料は、その上での話なのだ。

安奈は小さく首を振った。

警察官を辞めた者には様々な誘惑の手が伸びることが多い。ましてや元SPとなれば、政府高官はじめ各種要人の身辺警護に必要な極秘情報に接している。彼らの命を狙う危険なテロリスト

たちが接近を試みても不思議ではなかった。

「折角だけど……」

と断りの文句を口にしながら安奈は顔を上げ、次の瞬間、思わず吹き出してしまった。

袴田店長は、もはや安奈のことなどそっちのけで、両手を顎の下で組み合わせ、一人でグラスを傾けるカウンターの渋い中年客の横顔をうっとりとした目つきで眺めていたのだ。

考えてみれば、テロリストの危険というなら、およそ目の前の袴田店長——亨ママくらい不似合いな者はいないだろう。亨ママが恐れることがあるとすれば、深夜のバーで彼（？）がつくる美味いカクテルを傾ける〝いい男〟がいなくなることだけだ。

安奈は申し出を受け入れ、ダズンで働くことを決めた。

その瞬間まで、安奈は自分がバーで働くことなど一瞬たりとも考えたことがなかった。それだけに、逆に魅力的な提案に思えたのかもしれない。

これまでの自分とは別の存在になりたかった。過去からできるだけ遠く離れたかったのだ。

ダズンで働きはじめてすぐ、安奈は何度も店の周りを暗い目付きの男たちがうろつく姿を認めた。一度などは、明らかに見覚えのある男の顔とビルの入り口ですれ違ったこともある。

そんな時も安奈は相手に目を向けることもなく、互いの存在を完全に無視しあった。

いまさら公安の連中と親しく口をきく気はなかった。

自分からSPを辞めた時点で、公安の監視を受けることは当然予想していたことだ。

これまでも密かに監視がついていたはずだ。安奈が今度、得体の知れぬ六本木のバーで働きはじめたことで、彼らは〝目に見える形〟で圧力をかけてきた——それだけのことだ。

安奈は彼らの存在を無視しつづけた。

店に対しても何らかの形で圧力がかかったはずだ。が、袴田店長はいっこうに気にする気配もなく、安奈には一言の文句も言わなかった。

そのうち、ふっつりと公安の連中が姿を見せなくなった。

理由は明らかだ。

公安は徹底的に袴田店長とダズンの経歴と周囲を洗った。その上で〝危険なし〟と判断したのだ。だが——。

なにごとにも完全はない。それが、たとえ公安の調査だとしても。

公安の連中が姿を見せなくなったのを見計らったように、ダズンで働く安奈に奇妙な仕事がまわってくるようになった。

六本木にある無数のクラブ（女の子がついて、高い酒を飲ませる店の方だ）。そこで働くホステスたちが、手に負えないアフター客をダズンに連れてきた。そして、しつこく絡む客たちに〝お帰り〟を願うにあたって、安奈がちょっとした手助けをするようになったのだ。

最初は、ホステスをおよそ人とも思わない酔客たちの、あまりに傍若無人な振るまいを見かねた袴田店長から耳打ちされて、酔客をタクシーに乗せるちょっとした手助けをしてあげた——少なくとも安奈はそのつもりだった。

そのうち妙なことに気づいた。ホステスがダズンに連れてくる客は、どいつもこいつも、揃《そろ》いも揃ってロクでなしばかりなのだ。酔ってしつこく絡む。やたらに触る。人の言うことなど聞く耳をもたない……。

いくら何でも六本木で飲んでいる客が、こんな連中ばかりであるはずがなかった。どうやら、六本木のクラブのホステスたちのあいだで、

――手に負えないアフター客はダズンに連れて行けばいい。

そんな噂が流れているらしい。

噂を流した張本人は……袴田店長だろう。

単なる店の営業活動の一環なのか、それともホステスたちから裏で手数料《マージン》を取っているのか、安奈は聞いたことはないし、聞くつもりもなかった。尋ねたところで、袴田店長は、素知らぬ顔で「サービス、サービス」ととぼけるに決まっている。

いずれにしても、安奈に支払われる給料には、初めからこの種の〝サービス代金〟が含まれていたのは間違いない。しかも、どうやら最近ではリコまでが一緒になって、あちこちの店で安請け合いしているようなのだ……。

安奈は目の前に並んだ三つの顔――袴田店長（とぼけた）、リコ（とぼけた）、蓮花（必死）――に順番に目をやり、ふたたびやれやれとため息をついた。

手に負えぬ酔客にお帰り願う手伝いをするだけならまだしも、まさかボディーガードの依頼まで〝安請け合い〟してくるとは思わなかった。このあたりで一度きちんと話をしておく必要があ

るようだ。

「ともかく」

と安奈は胸の前で腕を組み、きっぱりした口調で口を開いた。

「わたしは自分から法律を破ることはできない。少々の法律違反に目をつむることはあっても、進んで法律違反をするつもりはない。そういうわけだから……」

「安奈さん、なに固いこと言ってんの？」

リコが目を丸くして口を挟んだ。

「法律違反？　資格を持たない者が身辺警護を行うことは……えー、何だっけ？　法律で禁じられている？　ああ、びっくりした。安奈さん、まるで警察官みたい。でも、これ、法律とか全然関係ない話よ」

リコは顔をしかめる安奈の様子など完全に無視して、カウンターの上に身を乗り出して畳みかけた。

「彼女、レンちゃん、とても困っているみたいなの。話だけでも聞いてあげない？　困っている友達を助けることは、法律で禁じられていないんでしょ？」

「だから……」

言いかけて、安奈は肩をすくめた。

いつもながら、リコの話には論理も何もあったものではなかった。

友達を助ける云々と言うが、蓮花とは、今、ここで、はじめて会ったのだ。友達でも何でもない。

「よかったね、レンちゃん。安奈さん、話聞いてくれるってさ」

……話が勝手に進んでいく。

「まずは、そうだ、あの写真見てもらったら？」

リコに促されて、蓮花はハンドバッグから写真を一枚取り出してカウンターの上に置いた。

反射的に、つい目を向けた。

笑顔の蓮花と並んで写っているのは、髭面《ひげづら》の中年男だった。眼の色は黒。顎から口周りを覆う不精髭《ぶしょうひげ》は白髪混じりだ。写真うつりの具合で一見日本人と見えなくもない。が、長い鼻と骨格的特徴はむしろアングロサクソン——多分ユダヤ系が少し混じっていることを示している。蓮花との比較から身長は百八十センチ前後。そのわりに手足がひょろ長い印象がある。額が高くまではげ上がり、残った髪の毛はいったいどう手入れしているのか鳥の巣のごとき有り様だ。ぎょろりとした大きな目がまっすぐにカメラのレンズを見つめ、薄い唇の端には酷薄そうな笑みが浮かんでいる。服装は、一応きちんとしているはずなのに、どこかちぐはぐな感じがする……。

一目見て、安奈は小さく首を振った。

きちんとしたプロファイリングなど行うまでもない。

SP時代、この手の顔は何度もお目にかかったことがある。

思い込みの激しい、典型的なストーカータイプ。

となれば、蓮花の依頼内容はやはり想像どおりだ。以前付き合いのあったこの男と別れたのだが、その後もしつこく付きまとわれて困っている。何とかしてほしい。

まず、そういったところだろう。

わからないことがあるとすればむしろ、万人が羨むほど美人の蓮花がそもそもなぜこの程度の冴えない中年男と付き合うことになったのかだ。が、蓼喰《たでく》う虫も好き好き、人の好みは様々だ。

「このタイプの男は一度や二度、手ひどく追い払われたくらいじゃ決して諦めない。逆に、次は何をしでかすかわからなくなる。やっぱり警察か、警備会社に相談してきちんとした手を打った方が……」

安奈は写真に視線を向けたまま低い声でそう言いかけて、ふと、蓮花の顔に妙な表情が浮かんでいるのに気づいて、言葉を切った。

「何?」

「安奈さんは勘違いをしています」

「このストーカー野郎から守ってほしい、違うの?」

「守ってほしいのは、わたしじゃないです。この人の方」

安奈は一瞬混乱し、きつく目を細めて、尋ねた。

「……何者なの、この男?」

「ご存じないんですか?」

蓮花が驚いたように目を丸くした。

左右に目をやり、それからひどく自慢げな顔になって、ゆっくりと言った。

「彼は、アンドリュー・〝アンディ〟・ウォーカー。不世出の天才チェスプレーヤーにして、チェスの偉大な世界チャンピオンですわ」

4

アンディがチェスに出会ったのは、五歳の時だった。

二年前、父親がよそに女をつくって出ていったことで両親が離婚し、その後は母親も外に出て働くようになっていた。

「いい子にしているのよ」

そう言い残して母親が出掛けていくと、ガランとしたアパートの部屋で姉と二人で留守番の日々だった。

留守番のあいだ、姉は三つ年下のアンディを相手に様々な遊びを考案した。

狭いアパートの部屋は、留守番の二人にとっては全世界だった。

本棚は茨《いばら》にかこまれた高い塔であり、毛糸で作った女の子の人形は塔に閉じ込められたお姫様だった。熊の縫いぐるみが白馬に姿を変え、ミッキーマウスの王子様を背中に乗せて、擦り切れた絨毯《じゅうたん》の荒野を越え、お姫様が閉じ込められた高い塔を目指した。

「助けてー、ミッキー！」

お姫様役はいつも姉だった。〝ままごと〟で優しいお母さん役を演じるのも、アニメのヒロイン役も、いいところはすべて姉が独占した。アンディに与えられるのは、いじわるな魔法使いのおばあさん役か、せいぜい白馬代わりの熊の縫いぐるみ、といったものばかりだ。

時々姉に文句を言ってみたが、姉がルールを決めている以上、最初からアンディに勝ち目はなかった。

だが、姉が小学校に通うようになると、いくらか事情が変わりはじめた。姉は学校から帰ると、相も変わらぬ留守番の退屈しのぎに、学校で覚えてきた様々なゲームをアンディに教えたのだ。ゲームのルールは姉が決めるのではなかった。ルールにしたがってゲームをすれば、姉に勝てるかもしれない。ぼんやりとそんなことを考えたが、姉はピンチになるといつも、自分に有利な〝特別ルール〟を考案し、たいていのゲームに勝ってしまうのだった。

そんなある日、姉がまた新しいゲームを学校で覚えてきた。

「いいこと、これは今までの遊びなんかとは違うのよ。大人のゲーム。チェスって言うの。とっても難しいんだから」

姉は得意げに鼻をひくつかせながら、母親に買ってもらったばかりのプラスティック製のチェスセットを広げた。

白と黒とが交互に並ぶ、六十四マスのチェス盤——。

アンディは息を呑み、食い入るようにボードを見つめた。なぜこんなに興奮しているのか、自分でも理由がよくわからなかった。

「まず最初に、駒を正しく並べましょうね」

姉はアンディの興奮にはまるで気づかない様子で、歌うように続けた。

「白がこっち。黒が向こう。王様《キング》と女王様《クイーン》は隣どうし。これが騎士《ナイト》で、これが僧正《ビショップ》。それから、端っこのマスに城《ルーク》を置いて……」

並べ終わると、それぞれの駒の動きを説明した。

アンディは駒たちの動きを、そしてゲームのルールをすぐに覚えた。

いや、覚えたという言い方は正確ではない。

元々知っていたのを思い出した——。そんな不思議な感じだった。

最初のゲームは姉が取った。

「こうやって、相手の王様が逃げられなくなったら〝メイト〟って言うのよ」

姉は自分の駒を使って、アンディの王様をわざわざ盤の外にはじき出した。

アンディは唇をかみ、もう一回ゲームの相手をしてくれるよう、姉に頼んだ。

「しょうがないわねぇ。それじゃ、もう一回だけね」

まんざらでもない様子でゲームを始めた姉の顔は、しかしすぐに強ばることになった。

「メイト」

アンディは教えられたとおりに宣言した。

その後は何度やっても、姉は三歳年下の、そしてルールを覚えたばかりの五歳のアンディに一度も勝つことができなかった。チェスのルールは、姉が自分に有利な〝特別ルール〟を考案するには、あまりにも完成されすぎていたのだ。

姉はすっかりむくれてしまい、以後はアンディがいくら頼んでもチェスの相手をしてくれなくなった。

アンディが次にチェスを指したのは、それから二ヵ月後だった。

母親に連れられて近くの公園を歩いていた時、みすぼらしい服装をした老人が公園のテーブルの上にチェス盤を広げ座っているのが目に飛び込んできた。

テーブルの向かいの椅子の背には、紙製の手書きの板《ボード》がぶら下げてある。

〝チェスの元地区チャンピオンがご指南致します〟

そう書かれた脇に、一局の対戦料が書き添えられてある。

母親はアンディの視線をたどり、眉をひそめた。

「何してるの。さあ、行くわよ」

だが、いつもは聞き分けのいいアンディが、この時にかぎって母親の手を振り切るようにして老人に駆け寄り、無言のまま老人の向かいの椅子に座り込んだ。

追いついて来た母親は顔をしかめ、いくら促してもアンディが動こうとしないので、仕方なく一局分の料金——小銭《コイン》ひとつ——を財布から取り出して、老人に差し出した。

ゲームが始まると、アンディはたちまち耳まで真っ赤になった。数手進むともう、前進できそうな場所はどこにもなくなった。姉に教わったのとは、まったく違うゲームをしているようだった（姉はキャスリングを知らなかったし、アンパッサンで歩兵《ポーン》を取るのも初めて知った）。

老人は相手が初心者だとわかると、親切にも、アンディが致命的な一手を指すたびにそれをすぐに元に戻し、悲惨な局面になる前に本当はどう指せばよかったのかを解説してくれた。アンディは、教えてもらっているのが単なるゲームの指し手などではなく、ひどく高価な、複雑精妙な仕掛けで動く機械の裏蓋を開けて見せてもらっているような気がした。

一局終わると、アンディはすぐに駒をもう一度元の形に並べ直した。

母親はその度《たび》に肩をすくめ、財布から対局料を取り出して老人に渡さなければならなかった。

老人は何の苦労もなく最初の八局を立て続けに勝ち、一瞬たりとも自分の指し手を考慮することがなかった。

だが、九局目になると老人は突然考え込み、やっとのことで勝利を収めた。

そして、十局目。

息詰まるような長考の後、老人は突然盤から顔を上げ、盤ごしにアンディに手を差し出した。

「この勝負は引き分け《ドロー》にしよう」

一瞬何を言われたのか理解できず、ポカンとした。その時までアンディは、局面によってプレーヤーのどちらか一方がドローを申し込めるというルールを知らなかったのだ。

老人はやれやれとため息をつき、アンディにドロー・ルールの仕組みを教えると、引きつった顔でもう一度盤面を見つめた。そして、

「信じられん。すごい上達ぶりだ！　こんなのはお目にかかったことがない……」

首を振りながら呟き、ふたたび顔を上げると、正面に座る五歳のアンディと、困惑した顔で椅子の背後に立っている母親を交互に眺めて、こう宣言した。

「お母さん、この子は大したものだ。たぶん……いや、間違いなくチェスの偉大な天性の名人《ナチュラルズ》だ。この調子でいけば、きっと大したものになる。そのためには……いやいや、わしなんかではとても手に負えん。わしが、良い師匠を紹介しますよ」

その時アンディは、自分について何を言われているのか正確には理解できなかった。

だが、ただ一つ、それまでとは明らかに変わったことがあった。

何かが解き放たれ、何かがはっきり見えるようになった。

今まで視界を曇らせていた頭のなかのもやもやが、この瞬間、きれいに消えうせたのを知ったのだ。

5

アンドリュー・〝アンディ〟・ウォーカー氏は、しかし、およそいかなる意味においても〝天才チェスプレーヤー〟にも〝チェスの偉大な世界チャンピオン〟にも見えなかった。

いや、この感想はフェアではない。

何しろ安奈はこれまで一度もチェスの世界チャンピオンなる人物にお目にかかったことがないのだから。もしかすると天才チェスプレーヤー、あるいはチェスの世界チャンピオンとは、みんなこのような人物なのかも……。

思いかけて、安奈は途中で肩をすくめた。

そんなわけがない。

どんなジャンルにせよ、世界王者にはそれなりの風格なり、迫力といったものが、必然的に備わっているはずだ。

少なくとも、いま目の前で年下の若い女に叱り飛ばされている冴えない中年男——首をすくめ、親指の爪をかじりながら上目づかいに蓮花の顔色を窺っている——からは〝風格〟も〝迫力〟も、ましてや〝気品〟など、爪の垢ほども感じられなかった。しかも叱られている理由が「こっそりケーキを食べているところを見つかったから」であっては、彼を偉大な世界チャンピオンとして見ることは、どう考えても不可能だ。

——それにしても……。

安奈は、さっきから目を三角にしてウォーカー氏を叱り飛ばしている蓮花の横顔にそっと目をやり、呆れたように首を振った。

ダズンでの〝仕組まれた対話〟の後、なりゆき上、安奈は蓮花と一緒にタクシーに乗り、麻布十番にあるという彼女のマンションまで送って行くことになった。

「ともかく、一度詳しい事情を聞いて下さい」

そう懇願する蓮花に対して、安奈はきちんとした拒絶の返事をできないでいたのだ。

途中タクシーの車中で、蓮花は控えめな口調ではあったが、隣のシートに座る安奈に体を向け、顔を覗き込むようにずっと話しかけてきた。

「チェス、ご存じありませんか？」

「知ってるよ。子供のころ、何度か遊んだこともある」

安奈は、蓮花と目を合わさず、窓の外を見ながらぶっきらぼうに答えた。

チェスは……そう、死んだ父にルールを教えてもらった。

父が勤めていた交番で、机の上に盤を広げ、何度か対戦したこともある。チェスにかぎらず、父はゲームなら何にでも興味があり、また実際巧みなプレーヤーだった。幼い安奈は、父がにこにこと笑いながらくりだす意外な手にいつも驚かされた。気がつくといつも、あっと言う間に負かされていた。負けず嫌いの安奈は頰をふくらまして拗《す》ねた。父はそのたびに丁寧にゲームの手順を教えてくれた。

「ほら、ここでこうすれば安奈の勝ちだった」

そう言われても、安奈にはチンプンカンプンだった。きっと、祖父が教えるのを諦めた武術とは逆に、父にはゲームの才能があったのだろう。

「残念ながら、日本では、チェスはあまり盛んではありません」

蓮花はそう言って、そっと首を振った。

「日本は将棋の方が盛んだから、仕方ないです。けれど、世界ではチェスをしている人の方が、ずっとずっと多いです。チェスは国際的な競技。世界中どこの国に行っても、かならずチェスの競技会が開かれています。例えば……」

と蓮花が続けて口にした内容に、覚えず興味を引きつけられた。

昨年ドイツでチェスの国際大会が開催されたが、その閉会式にはドイツの首相本人がわざわざ出席した。また、その前年のシンガポールでの開催では、開閉会式ともに大統領が夫人同伴で参加し、スピーチと、さらには表彰式でのプレゼンターを自ら買って出たという。

「チェスの国際大会には、必ず開催国の元首が出席するしきたりになっているのです」

蓮花の言葉に、安奈は反射的にあれこれ思考を巡らし、それから、我に返って苦笑した。

会場の警護手順や人員配置について考えていた。もう関係のないことなのに……。

首を振り、現実に戻った。

どうやらチェス競技の大会には意外なほどの規模と格式——いずれもSPにとってはやっかいな代物だ——があるらしい。国家元首が参加する国際クラスの競技イベントとしては、すぐに思いつくのは、テニス、あるいはゴルフといったものだろう。たしか、テニスの全英《ウィンブルドン》選手権の決勝には、たいてい女王だか皇太子だかが顔を出していたはずだ。とすると、チェスの国際大会は〝ウィンブルドン〟規模の競技イベントということになる……。

もう一つぴんとこなかったものの、事実とすればチェスの世界チャンピオンは、タイガー・ウッズ並のヒーローだ。

聞けば、蓮花は、日本に来てしばらくしたころ、何げなく近所の小さなチェスクラブを覗きに行って、そこに伝説の天才的チェスプレーヤーを発見して驚愕したという。

「最初は、自分の目が信じられませんでした」

蓮花はそう言って、大袈裟に肩をすくめてみせた。

二十年前、二十一歳の若さでチェスの最年少世界チャンピオンとなり、その後行方不明になっていたアンディ・ウォーカーは、昨年、ジャカルタで行われた元世界王者との再対局に勝利して、電撃的復帰を遂げた。だが、対局後、彼はふたたび姿を消した。その後の消息は杳《よう》として知れなかったのだ。まさか日本の小さなチェスクラブで、子供たち相手にチェスを指しているとは思わなかった。

「わたしがそれ以上にびっくりしたのは、日本ではアンディが普通に街を歩いていても誰も彼だと気づかないことです。アメリカならどこに行っても、すぐに見つかってサイン攻めにあいます。ヨーロッパや、チェスが盛んな他のアジアの国でもそうです。日本にいると、誰も彼だと気づかない。アンディはそこが気に入っているみたいですけど……」

蓮花自身、子供のころには地元ロサンゼルスで行われたチェス大会に参加し、〈子供部門〉で準優勝したことがあるらしい。その彼女が、日本で偶然知り合いになった憧れの世界チャンピオンを、うっとりとした目付きで〝アンディ〟と呼ぶのは無理もない話だった。だが——。

麻布十番の交差点を入った瀟洒《しょうしゃ》なマンション前でタクシーを降りた。当然のように最上階。鍵を開け、部屋に入った蓮花は、キッチンでケーキを食べている男の姿を見つけるなり、突然、人が変わったように声を尖らせて怒鳴りはじめた。

「もう、アンディ、何度言ったらわかるの！　わたしに黙ってケーキを食べちゃ駄目って言ったでしょ！　信じられない、何でそんなことするの！　第一、どこで買ってきたのよ？　ルールはルールでしょ。いいかげんにして！」

蓮花は腰に両手を当てて、まるで子供に向かってするように相手を叱り飛ばした。

一方、首をすくめ、爪をかみながら、上目づかいに相手の顔色を窺う冴えない中年男は——偉大なチェスの世界チャンピオン？

蓮花に請われるまま部屋の中まで送ってきた安奈としては、二人を交互に眺め、首をひねるばかりだった。

騒ぎが一段落したところで蓮花はようやく安奈を振り返り、ぺこりと頭を下げると、

「すみません。でも、この人は見つけたらすぐに言わないとダメなので……」

と、まるで犬か猫のしつけのような言い訳をした。それから、

「アンディ、こちらは冬木安奈さん。この人が、あなたを守ってくれることになったから……」

「ちょっと待って！」

慌てて口を挟んだ。

「わたしはまだ、あなたの依頼を引き受けたわけじゃ……」

鼻先に、ぬっと手が差し出された。

手から腕へと順番に視線を辿《たど》って、差し出された手の主の顔に行き着いた。白髪の目立つ不精髭に下半分を覆われた面長の顔はやはり、写真うつりのせいばかりではなく、一見東洋系と見えなくもない。高くまではげ上がった額の奥には鳥の巣のごときもしゃもしゃの髪。薄い唇をへの字に曲げ、薄く開けた瞼《まぶた》の透き間から、猜疑心《さいぎしん》の強そうな黒い瞳が光っている……。

「はじめまして《ナイス・トゥー・ミーチュー》」

相手が表情一つ変えずに言った。

「……はじめまして、ミスター・ウォーカー。お会い出来て光栄です」

仕方なく差し出された手と握手しようとした瞬間、相手の男はさっと手を引いた。上目づかいに安奈のことをじっと観察している。それから、不意にぷいと背を向け、キッチンを出ていった。

蓮花が肩をすくめ、事情を説明した。

「彼、ミスター・ウォーカーや、ミスター・アンドリューという呼び方は、あまり好きではないです。〝アンディ〟と呼ばれるのが好みみたいです」

……そういうことは先に言っておいて欲しい。

蓮花について部屋を移動すると、リビングでウォーカーが直接床に座り、ガラステーブルに置いたチェス盤に覆いかぶさるように駒を動かしていた。

「アンディ」

蓮花は声をかけて、鞄の中から三十センチ四方ほどのボードを取り出し、ウォーカーの脇に置いた。

「帰りにチェスクラブに顔を出したら、これにサインしてってって」

革張りの板にチェス盤の装飾。盤上には、ゲーム途中らしき駒の配置が描かれている。

ウォーカーは駒の配置にちらりと目をやるなり、すぐに目を輝かせて、唸《うな》るように声をあげた。

「ワオ、私のゲームだ！」

差し出されたサインペンを受け取ると、口のなかで、

「ワールド・チェス・チャンピオンシップ、ウィナー……ウー、アンディー・ウォーカー！」

と、どうやらリングでの派手なマイクパフォーマンスを真似て呟きながら、革の装飾盤の上にペンを走らせた。

いかにもアメリカ人らしい。だが——。

私のゲーム？

言葉の意味がわからず、安奈は眉を寄せた。

「アンディは、これまでに自分が指した対局の、すべての局面を記憶しているのです。〝私のゲーム〟というのは、つまりそういう意味ですわ」

「これまでに自分が指した対局の、すべての局面を記憶？」

安奈は蓮花を振り返り、目を細めるようにして尋ねた。

門外漢の安奈には詳しいことはわからないが、チェスの世界チャンピオンになるためには公式戦だけでも数百、いや、もしかすると数千もの対局が必要なはずだ。そのすべての手を覚えている？　しかも、盤上に現れた駒の配置を一目見ただけで、それを判断できるというのか？

「なぜこんなことになったのか、ともかく詳しい事情を聞いてください。……どうぞ」

蓮花は形の良い唇の端に微笑を浮かべ、安奈をソファーに座るよう促した。

結局、その微笑に機先を制された形となり、テーブルの上のチェス盤に熱中するウォーカーの

傍らで安奈はソファーに腰を下ろし、蓮花から〝詳しい事情〟とやらを聞くはめになった。

事件が起きたのは、今から十日前の深夜。

蓮花と連れ立って渋谷の街を歩いていたウォーカーが、突然、道端に止めてあった車の中にひきずりこまれそうになった。

車から飛び出してきた二人の男が両側からウォーカーを抱えるようにして車の中に拉致しようとしたのだ。

車は窓をスモークしたヴァン。

男たちはどちらも日本のヤクザ風の恰好をしていた——。

そこまで聞いて、安奈は眉を寄せた。

蓮花の話は——慣れない日本語での説明だからある程度は仕方がないとはいえ——ポイントを押さえているようでいて、不明な点が多すぎる。

「よくわからないんだけど……」

言って、安奈はチェスに夢中になっているウォーカーにちらりと目を向けた。偉大なるチェスの元世界チャンピオンは、しかし、どう見ても腕力のあるようには見えない。〝ヤクザ風の男二人〟に両側から抱えられた時点で、普通なら即アウト、そのまま車にひきずりこまれていて不思議ではない。一体どうやってその場を逃れたのか？

安奈の疑問に対して、蓮花はにこりと笑って答えた。

「その時は、わたしが追い払いました」

「あなたが？　ヤクザ風の男を？　二人とも？」

目をしばたたいていると、蓮花は何かもどかしげに言いかけ、結局実演してみせることにしたらしい。ソファーから立ち上がり、履いていたスリッパを逆さに持ちかえて、腕を振りまわす仕草をして見せた。

「こうやりました」

――なるほど。

安奈は感心してうなずいた。

蓮花はその場で靴を脱ぎ、逆手に持って、尖ったヒール部分で相手の男たちを所かまわずひっぱたいたらしい。

「それから、〝タスケテー、タスケテー、ダレカー、タスケテー〟と大声で叫びました。たくさん人が集まってきたので、男たちは車に乗って逃げていきました。わたしたちも反対に走って逃げました」

結果的に、蓮花のとった行動は最善の選択だったのだろう。……ただし、そういつもうまくいくとは限らない。

次の質問に移ることにした。

「男たちの狙いは、本当に彼だったのかしら？」

蓮花は質問の意図が理解できない様子で首を傾げている。

安奈は手短かに事情を説明した。

最近、深夜の渋谷や六本木で突然車にひきずりこまれ、暴行を受けるという事件が起きている。但しその場合、事件に巻き込まれるのは、あくまで〝若い女性〟だ。蓮花とウォーカーが連れ立って歩いている状況で、狙われるとしたら、誰がどう考えても蓮花の方だろう。男たちは本当は蓮花に狙いをつけ、拉致しようとした。それを邪魔したウォーカーを、男たちが排除しようとした——実際にはそういうことではなかったのか？

この説明に対して、蓮花はきっぱりと首を振った。

「男たちの狙いは、最初からアンディ一人でした。車から出てきた二人の男は、まっしぐらにアンディに向かってきたのです。証拠があります」

と蓮花はバッグを探り、中からくしゃくしゃになった写真を取り出した。

「男たちが逃げていく時に、これを落としました」

渡された写真を見て、安奈はすっと目を細めた。

写真は、どこかのチェスの競技会場で隠し撮りされたものらしい。チェス盤を挟んで対戦相手を見下すような高慢な顔付きの男は——ウォーカーに間違いない。写真には他にも数人の人物が写りこんでいるが、ウォーカーの顔をわざわざ赤のサインペンで丸く囲んである。

逃げた男がこの写真を持っていた。

おそらく、拉致する対象を確認するために渡されたのだろう。

ウォーカーを拉致するよう依頼した人物が別にいる。

だが、現時点では思考の糸をそれ以上先に伸ばしようがなかった。

情報が絶対的に不足している。警護のためには保護対象に関する情報収集が不可欠だ。たとえば、そう……。

我に返り、思わず苦笑を漏らした。

――どうかしている。

警護の任務を引き受けたわけではなかった。そもそも自分には、警護を引き受ける資格などありはしないのだ。

「警察には相談した？」

「相談に行きましたけど……」

蓮花は戸惑ったように口ごもり、それからゆるゆると首を振った。

「何もしてくれませんでした」

――まあ、そうか。

自分で質問しておきながら、安奈は答えを聞く前からこの答えを予想していた。

このところいくらか状況が変わってきてはいるが、日本の警察の基本方針は〝民事不介入〟。簡単に言えば、事件が起きた後でなければ彼らは動かない――あるいは、動けない。

〝街を歩いていたら、見ず知らずの男たちに車の中にひきずりこまれそうになった〟などという未遂事件の訴えだけでは、日本の警察は何もしてくれない。しかも、相談にきたのが外国人とあっては、担当者がまともに話を聞いてくれただけでも幸運というべきだろう。いや、この場合、問題はむしろ——。

「何をしたの?」

気がついた時には、尋ねていた。

癖だ。自分でもいやになる。

そう思いながらも、勝手に口が動いて、矢継ぎ早に質問をしていた。

「ミスター・ウォーカーが狙われている原因は何なの? 思い当たることは? 敵の正体はわかっているの?」

「原因は、そう、たぶん……」

と蓮花は口ごもり、困ったような表情を浮かべてウォーカーに視線を向けた。

偉大なるチェスの世界チャンピオンは、傍らで交わされる二人の女の会話などまるで耳に入らないかのように、ずっと携帯用のチェスセットを覗き込んだままだ。

といって、じっとしていたわけでも、静かだったわけでもない。

さっきからチェス盤の上を猛烈なスピードで駒が動いている。そして駒をつかんだ彼の指がチェスセットの上を矢のように飛ぶのに合わせて〝バリバリ〟〝ドスッ〟〝ガシャーン〟〝ビューン〟、さらには〝グシャ!〟と、凄まじい呟きが彼の口から漏れる。チェスという知的なゲームではなく、まるで格闘技でもしているような具合だ。

「アンディはこうやって、いつも自分自身を相手にチェスを指しているのです」

視線を向けたまま、蓮花は目を細め、幼い子供を見守る母親の眼差しで、微笑を浮かべて囁くような小声で言った。

「彼は自分自身を相手にゲームをして、しかも常に勝つのです」

自分自身相手のゲームに、常に勝つ？

安奈は思わず眉を寄せた。意味がわからない。

「アンディは特別なのです。彼の頭のなかを覗くことは誰にもできません」

蓮花がにこりと笑って疑問に答えた。

「先日も『夢の中で神様とポーン落ちで戦って、やっとのことで勝利を収めた。あぶないところだった』と言っていました」

安奈は無言で肩をすくめた。

一般社会でそんなことを真顔で口走ったら、まず間違いなく正気を疑われる。

要するに、目の前のチェスの世界チャンピオンは、見たままの変人であるのみならず、誇大妄想狂でもあるらしい。

とすれば、どんな敵がいてもおかしくはなかった。

妄想からくる言動が現実社会に敵を作り出すのは、実際にはよくある話だ。

「アンディを狙っているのは、たぶんダイトーリョーです」

蓮花がウォーカーから視線を戻して、唐突に言った。

どうやら、さっきの質問の答えらしい。だが――。

ダイトーリョー？

耳にした音をそのまま口の中でくりかえした。首をかしげ、頭の中で似た音をさがした。

蓮花が、もう一度くりかえした。

「アンディを狙っているのは、アメリカ合衆国大統領なのです」

「アメリカ合衆国大統領って、あなた……」

あまりに突拍子もない答えに、安奈はさすがに唖然となった。蓮花は身を乗り出すと、安奈の目をまっすぐに覗きこみ、ひたと視線を据えてすがるような口調で言った。

「お願いです、安奈さん。どうかアンディを護ってください。わたしたちにはもう、あなた以外に頼れる人はいないです。……だから、お願いです。安奈さん、わたしたちを見捨てないでください」

胸の奥で何かがゆらりと揺れた。……記憶の断片……助けを求める男の顔……。

――目の前に困っている人がいたら、どんなことがあっても絶対に見捨てない。

にこりと笑い、踵《きびす》を返して出ていく男の背中……。

揺らぎを押さえ込むように安奈は強く首をふり、顔をあげた。

「ともかく、詳しく事情を話して。ミスター・ウォーカーはいったい何を……」

と言いかけたその時、来客を告げるチャイムが鳴った。

はっとして、壁の時計に目を向けた。

午前三時。

誰かが他人の家を訪れるのに適した時間とは言い難い。

蓮花と無言で顔を見合わせていると、もう一度チャイムが鳴った。

〝セキュリティ完備〟のマンションなので、来客は一階のエントランスで部屋番号を押し、入室者がロックを解除して、はじめて敷地内に入って来られる仕組みになっている。

蓮花はソファーから立ち上がり、壁のモニターを確認した。

「……はい？」

モニターには、ネズミ色のスーツを着た二人連れの男が映し出された。部屋からの反応に気づいて、一人の男がスピーカーに顔を寄せ、囁くような声で言った。

「こんな時間にすみません。入国管理局です。昼間に何度もお邪魔したのですが、留守だったもので。さっき、部屋に入っていくところをお見かけしました。お伺いしたいことがあります。ちょっとよろしいでしょうか？」

蓮花は安奈を振り返り、うんざりしたように顔をしかめてみせた。

日本に滞在する外国籍の者たちにとって入国管理局は、やっかいな壁のような存在である。どんなささいな理由にせよ、通称〝入管〟と呼ばれる彼らがいったん否《ノー》と言えば、何人《なんぴと》といえども日本への入国を拒否され、あるいは国外退去の対象となる。日本に滞在する外国人にとって入管は、ある意味で警察以上に機嫌を損ねたくない相手だ。

「……わかりました。少々、お待ちください」

そう言ってロックを解除しようとした蓮花の手を、背後から安奈が押さえた。

「開けちゃだめ」

安奈は蓮花の耳元に小声で囁いた。

「こいつらは入管の人間じゃない。偽者よ」

6

アンディが最初に公式のチェス大会に参加したのは、六歳の時だった。

ボストン聖ジョージ教会チェスクラブの代表として、東地区、十歳以下のリーグ戦に参加。

結果は、並み居る年上の少年プレーヤーたちを抑えて、見事に優勝。

八勝、三引き分け、負けなし。文句なしの成績だ。

だが、チェスクラブの主宰者であり、またアンディの師匠《トレーナー》でもあるキングズレー牧師は、この結果に少しも満足しなかった。自身、全米GM《グランドマスター》の資格を持つ牧師は、自分の背丈ほどもある優勝トロフィーを授与され、得意げに鼻をひくつかせて帰ってきたアンディをつかまえると、厳しい顔で言った。

「アンディ、六試合目の第四手は、あれは一体どういうつもりだ？　誰があんな変化手順を教えた？　ビショップをナイトの5へ、だと？　馬鹿な。おかげでメイトまでに三手も余計にかかったじゃないか。あのゲームはたまたま相手が弱くて勝てたから良かったが、今後はあんなヌルい手を指していたんじゃ、とても勝ち進むことはできないぞ」

アンディはふくれっ面で唇を尖らせた。

師匠の言うとおり、六試合目の第四手は確かにまずかった。だが、それは相手が弱すぎたからだ。そのことは最初の三手でわかった。あのまま指しても面白くもなんともない。だから、わざと少し遊んだ。それだけの話じゃないか……。

アンディはもはや、自分より弱い相手とまともにチェスを指すことに耐えられなくなっていた。それほど腕前が上がっていたのである。

あの日――。

たまたま通り掛かった公園で元地区チャンピオンを名乗る老人にチェスの手ほどきを受けて以来、アンディは老人に紹介された聖ジョージ教会チェスクラブで、毎日欠かさず、一日五時間以上もチェスを指し続けてきた。

老人が五歳のアンディを連れてクラブを訪れた際、キングズレー牧師は最初、老人の話に半信半疑の様子であった。

「この子がチェスの天性《ナチュラルズ》の名人？　それを、あ、あ、あなたが発見した、と、というのですか？」

キングズレー牧師は、口元に皮肉な薄笑いを浮かべて言った。どうやら老人の「元地区チャンピオン」という肩書はインチキだったらしい。

だが、老人の熱意に押し切られる形で、その場でアンディと手合わせをしたキングズレー牧師はたちまち目を見張ることになった。駒落ちで指した数局のあいだにも、アンディの指し手には驚くべき才能の閃《ひらめ》きと、はっきりとした上達ぶりが見受けられたのだ。

「ふむ、なるほどこいつは大したものだ……あるいは、本当に……？」

盤を見つめ、独り言のように呟いたキングズレー牧師は、やがて顔を上げ、アンディの指導を引き受けることを承諾した。

キングズレー牧師はまず、アンディに自分の得意技である〝ペトロシアン防御《ディフェンス》〟の戦術を徹底的にたたき込んだ。

と同時に、過去の大会から語り継がれている名局を盤上に再現する訓練をアンディに命じた。アンディは言われたとおり、連日、チェスクラブの隅に置かれた机に一人で向かって、記録に残された過去の棋譜を見ては、黙って盤上で駒を動かし続けた。

棋譜の一手一手には、解説として、一つもしくは複数の感嘆符や疑問符がつき、それぞれが〝好手〟〝絶妙手〟〝悪手〟〝大悪手〟〝興味深い手〟〝疑問手〟であることを示している。その後に括弧で手順が書かれているのは、それら一手一手が川のように次々にいくつもの支流に分かれ、支流の行き先を全て見届けないと本流に戻れないからだ。そのすべての可能性を追うことで、はじめてそれがポカなのか、逆に読みの深い手なのか、本質が明らかになる。キングズレー牧師は過去の名人《マスター》たちから秀れた変化手順を学ぶよう、五歳の子供であるアンディに命じたのだ。

チェスクラブの周囲の大人たちはこの無謀な試みに呆れた様子だった。が、心配は無用であった。アンディは師匠に与えられた課題を黙々とこなした。

それどころか、机の上に置かれていたチェス盤と駒は、すぐに不要になった。

アンディは、眺めた棋譜を盤や駒をまったく使わずに〝読む〟ようになったのだ。ちょうど、秀れた音楽家が楽譜を見ただけで頭のなかに音楽が流れ出すように、アンディは棋譜や解説符号が奏でるメロディーを心のうちに聞き取ることができた。

アンディは、過去の名人たちが残した棋譜から彼らが考案した驚くべき攻防の妙手や奇策、詭計を読み取り、同時に彼らの手筋の読み方、コンビネーション、攻撃を行う技術を習得した。

そこに〝本物の手〟と〝偽物の手〟があることを学んだのだ。

7

「偽者？」

蓮花がハッと息を呑み、切れ長の目を大きく見開いて振り返った。

「それじゃ、まさか……」

安奈は唇に人差し指を当て、小さく頷いて相手を落ち着かせた。それから、耳元に小声で指示を囁いた。

モニターから、男のじれたような声が聞こえた。

「もしもし。どうしました？　早くロックを解除してもらえませんかね」

「ごめんなさい」

蓮花がモニターに向かって答えた。それから、安奈が耳元で囁く言葉をそのまま口に出してくりかえした。

「帰ってきて、ちょうどお風呂に入っていたところでした。服を着て、髪の毛を乾かしますから、少し待ってください」

　モニターに映る二人の男の口元に、一瞬好色そうな笑みが浮かんだように見えた。

「そういうことなら……ええ、わかりました。できるだけ早くお願いしますよ」

　男の声を背後に聞きながら、安奈は隣の部屋に移動して、自分の携帯から一一〇番にかけた。

　——不審な男たちがマンションの入り口近くで大声で怒鳴りあっているので、すぐに来てほしい。

　怯えた声を装って住所を告げ、すぐに電話を切った。

　時計を確認する。

　一一〇番通報から制服警官が現場に到着するまでの平均所要時間は約五分。その間に、蓮花とウォーカーに言って、手早く身の回りのものをまとめさせなければならない。

　やがて遠くにサイレンが聞こえはじめると、モニターの中の男たちの動きが明らかにそわそわとし始めた。マンション前にパトカーが止まった途端、二人は顔を見合わせ、たちまちモニターの範囲から姿を消した。

　表通りに面した窓から見ると、エントランスを走り出て来た二人の男が路上に駐車してあったヴァンに乗り込むのが見えた。勢いよく車が走り去るのを確認して、安奈はマンションの部屋のドアを薄く開けた。

　息をひそめ、辺りを窺う。

廊下はひっそりとして、人の気配は感じられなかった。

蓮花とウォーカーに無言のまま合図して部屋を出る。エレベーターホールに向かおうとするウォーカーの首筋をつかまえて、非常階段に向かった。

「オオ、しかし、われわれはいま五階にいる……そうだろう？」

信じられないといった顔で、首を振った。が、この状況でエレベーターを使うのは危険すぎる。渋い顔でごねるウォーカーを、蓮花と二人で、引きずるようにして階段を下らせ、なんとか地下の駐車場まで降りた。

「あれが、わたしの車です」

蓮花が指さした車種を見て、安奈は舌打ちをした。

レモンイエローのＶＷ〝ニュービートル〟。後部座席には、有名百貨店のロゴが入った紙袋がいくつか積まれたままになっている。

銀座でお買い物をする蓮花にはお似合いだろうが、姿をくらましたい場合はいくら何でも目立ち過ぎる。

安奈は首を振り、もう一度地上階にウォーカーを引きずりあげた。

手を上げて空のタクシーを止め、行き先を告げた。

タクシーに乗り込んだ途端、ウォーカーがさっそく不満げな声をあげた。

「変な奴らはもう逃げた。だったら、こっちは逃げ出さなくてもよかったんだ。そうとも、あの部屋でゆっくりしていて、変な奴らが来たら、またさっきみたいに追っ払えばよかったんだ。そうだろう？」

助手席に乗った安奈は、横目でそれとなく反応を観察していたが、タクシーの運転手は幸い、ウォーカーの英語が理解できない様子だった。

安奈は一つ息を吸い込み、ウォーカーに向かって低い声で、英語で説明した。

「さっき連中を追い払うことができたのは、単に向こうが油断していたから。もし次に来たら、ああうまくはいかない。彼らは、ミスター・ウォーカー、あなたがあのマンションにいることを知っていた。あいつらが何者で、いったい何を狙っているのか、彼らの意図がはっきりしない以上、一刻も早くあの場所を離れる必要がある。あのマンションに長居するのは、はっきり言わせてもらえば、自殺行為だわ」

ウォーカーは「ウー」と呻《うめ》いたきり、ぷいと横を向いてしまった。あるいはミスター・ウォーカーと呼ばれたのが気に食わなかっただけかもしれない。

「安奈さんはなぜ一目で、あの二人が偽者だとわかったんです？」

蓮花が部屋を出て以来はじめて口を開いた。声が、まだ微かに震えていた。

――なぜわかったのか？

安奈は眉を寄せ、自分の頭のなかの映像を整理して、言った。

「二人の男のうち、モニターに向かってしゃべっていた方。あの男が一度自分の頭に手をやった時、スーツの袖口がまくれて、手首に入れ墨をしているのがはっきり見えた。鱗《うろこ》を組み合わせたような、特殊なデザイン。もう一人の男の手首にも同様の入れ墨が覗いていた。少なくとも、入管に勤める人間は手首にあんな入れ墨はしない」

もっとも、改めて尋ねられたからそう答えたものの、あの時は理屈も何もなく目に映った情報を〝危険〟と判断しただけだ。職務上、SPには考えているひまなどない。危険か、否か。状況をとっさに判断して、行動する。考えるのは、その後だ。

「それに、もう一人の男は……」

言いかけて、安奈は途中で言葉を呑み込んだ。

気づいたことをすべて明かす必要はない。ましてやそれが、

――自分たちを狙っている男の一人がズボンの後ろに拳銃を突っ込んでいた。

などという物騒な情報であっては、なおさらだ。

二人のうち、一言もしゃべらなかった男が一度、モニターに背中を向けて腰を屈めた。SPとしての訓練を受けた安奈の目は、その瞬間、肩から羽織ったジャケットごしに拳銃の形をはっきりと見てとっていた。

安奈は口を閉じ、助手席側の窓の外に顔を向けて唇をかんだ。

SPを辞めて失ったものは、何も他者の身辺警護を行うための法律上の資格だけではなかった。

SPならば当然所持しているものを、今の安奈は何一つ持っていない。

身分を示すSPバッジも、通信用の受令機も、特殊警棒も、拳銃も、薄いアタッシェケースに

似せた折り畳み式の防弾盾も、刃物で切りつけられた際に身を守る防刃衣さえないのだ。

正直なところ、ウォーカーがヤクザ風の男たちに攫われそうになったという蓮花の話を聞いた時も、相手が拳銃を所持していることまでは想定していなかった。

昨今治安の悪化が当たり前のように嘆かれているが、この日本という国においては、拳銃はまだまだ特殊な存在だ。一般人がおいそれと手に入れられるものではない。

敵が何者かはまだわからない。

だが少なくとも、彼らが拳銃をもっていることが判明した以上、一人で二十四時間警護することは不可能だ。

「近代以降、拳銃は適切に保管され、正規の弾さえ入っていれば、撃ち損なうことはまずなくなった」

警察学校でのSP訓練時代、安奈たちは銃器担当の教官からうんざりするほど何度もそう聞かされた。

「至近距離で拳銃を向けられたら、たまたま装置が故障していたとか、思わぬ邪魔が入ったとか、よほどの幸運に恵まれない限りは、ずれはない。撃たれることを覚悟しろ」

もちろんこの教訓は、

——だからこそ、要人警護の任務においては〝先乗り〟班による現場の徹底的な清掃、即ち拳銃を持っていそうな者を、事前に、かつ完全に排除しておくことが必要だ。

という逆説なのだが、残念ながら今の安奈には〝先乗り〟班はおろか、一人の仲間さえいなかった。

と言って、今回の件を日本の警察に通報しても、おそらく彼らは何もしてくれないだろう。実際に被害が出てからでないと、日本の警察は動けない。ましてや保護を訴えているのが二人とも外国人となればなおさらだ。とすれば——。

「聞いていい？」

安奈は体をよじるようにして、後部座席の蓮花に向かって尋ねた。

「あなたって、もしかして相当なお金持ちなの？」

「わたしがお金持ちかどうかはわかりませんが……」

と蓮花はちょっと困ったような表情を浮かべ、小さく肩をすぼめて答えた。

「わたしのお父さんは、アメリカのＩＴ企業のシャチョーさんです。本社はカリファルニアのシリコンバレーですが、Ｌ．Ａ．とフィラデルフィア、それに今度ロンドンとベルリンにも支店を出すそうです」

——だよね。

安奈は口に出さずに呟いた。

日本に留学中の二十三、四の若い女が麻布十番の高級マンションに一人で住み、レモンイエローのＶＷに乗って銀座でお買い物をしているのだ。親が金持ちか、もしくは本人がよほど危険な世界に首をつっこんでいるかしか考えられない。

蓮花の父親はアメリカで成功した華僑《かきょう》。それなら手を打てるかもしれない。この際、使えるものは何でも使うまでだ。

「日本国内の華僑組織は使えないの？」

声をひそめて尋ねた。

海外に移住した中国人の多くは、その土地で独自の社会をつくっている。いわゆる裏社会だ。血縁地縁にもとづく相互扶助的役割を担い、本国への送金手続き等はもとより、外国人に対して冷淡な日本の公共サービスの代わりを果たしている。無論無料《ただ》というわけにはいかないだろうが、蓮花の父のコネと金を使えば、日本の警察などに頼むよりはよほど効果的な警護をしてくれるはずだ。

「日本にいる中国の人とは、全然付き合いがありません」

蓮花は軽く肩をすくめ、首を振って言った。

「わたしのお父さんは、中国を出るとき、親や親戚の人たちと大きな喧嘩をしました。絶縁されてアメリカに行って、長い間苦労して、やっと成功したそうです。だから、お父さん、中国の人とは今も連絡していません。お母さんはアメリカ生まれの日系二世です」

——駄目か。

安奈は小さく舌打ちした。

眉をよせ、短く思案し、思いついた次善の策を提案した。

「民間の警備会社を紹介するわ。信用できる警備会社を何社か知っている。彼らなら、きちんと身辺警護をしてくれるはずよ。危険度に応じて、チームも組んでくれる。そのぶん料金は安くないけど……」

　言いかけて、安奈は口を閉じた。

　バックミラーに映る蓮花の顔に妙な表情が浮かんでいる。

「どうかした？」

「安奈さんにはまだ言っていませんでしたが、日本の警備会社にはもう相談しました。一つじゃありません。何社もです」

　蓮花はそう言うと、いくつか社名をあげた。いずれも業界大手の、一般に信頼に足るといわれている警備会社ばかりだ。

「それで？」

「全部断られました」

　蓮花が首を振り、小声で言った。

「どこも最初は親切に話を聞いてくれるのですが、見積もりを出してもらって、いざ仕事をお願いしようとすると、きまって『残念ですが、ご依頼はお引き受けできません』と言われるのです。わたしはすっかり困ってしまって、それで……」

　——なるほど。

　安奈は唇の端をきゅっと歪めた。

　警察には相手にされず、警備会社にも依頼を断られた。それで話がまわってきたというわけだ。

元SP。いまは六本木の得体の知れないバーで用心棒まがいの仕事をしている、このわたしに……。

胸の中に苦い思いが湧き上がる。と同時に別の疑問が泡のように浮かんできた。

警察はともかく、なぜ民間の警備会社までが蓮花の依頼を断ったのか？

依頼が明らかに被害妄想にもとづく馬鹿げたものであったとしても、依頼者に規定の料金を支払う意思と能力があるかぎりは、警備会社は依頼された身辺警護業務を遂行する。彼らにとっては、それが仕事なのだ。

安奈はバックミラーにちらりと目をやった。

蓮花が支払いを渋ったとも思えない。それなら、なぜ断られた？

「そう言えば、さっき妙なことを言いかけていたわね？」

安奈は、タクシー運転手の耳を気にしつつ、低い声で背後の蓮花に尋ねた。

「〝敵はアメリカ合衆国大統領〟。あれは、どういう意味なの？　どんな冗談？」

「冗談なんかじゃありません」

蓮花は身を乗り出すと、シートの脇から顔を出し、安奈の耳元で、小声で、早口に続けた。

「安奈さんはさっき『敵が何者なのかわかるまで』とおっしゃいましたが、アンディを狙っている人たちの正体ならわかっています。あの人たちは、アメリカ合衆国大統領の命令でアンディを攫いに来たんです。アメリカ合衆国大統領が、アンディを狙っているのです……」

最後の方は声が震えていた。

安奈はふたたびバックミラーにちらりと目をやり、かすかに眉を寄せた。

蓮花の顔がひどく青ざめている。

他はきわめて理性的な蓮花が、この一点に関してだけは、さっきからなぜか妙に誇大妄想狂的な発言をくりかえしている。こんな場合は相手の言葉を真っ向から否定するのではなく、あくまで相手の言葉に寄り添いながら、理性的に説き伏せる――ＳＰの訓練マニュアルではそう定められていた。

「どんなことが、あ、っ、て、も、決、し、て、見、捨、て、な、い。だから、理由を説明して」

安奈は、怯えた様子の蓮花をなだめて言った。

「アメリカ合衆国大統領がミスター・ウォーカーを狙う理由は何？　彼はいったい何をしたの？　それともまさか、大統領はミスター・ウォーカーが天才チェスプレーヤーだから、という理由で彼を付け狙っているのかしら？」

「イエス、と、ノーです」

「どういう意味？」

「アメリカ合衆国大統領がアンディを狙うのは、彼が不世出の天才チェスプレーヤーだから」

「まさか！」

「安奈さんは知らないだけなのです」

蓮花は首を振った。

「ほとんどの日本の人は知らないようですけど、有名なチェスプレーヤー同士の対局は全世界の注目の的なのです。対局の様子は逐一テレビと、最近ではネットを通して全世界に中継されます。たとえば……そうですね、人気のあるボクサー同士が試合をするような感じ、と言えば少しはわかってもらえるでしょうか?」

「なるほどね。それで?」

「アンディは去年、かつて長く世界チャンピオンの座に君臨し、今なおトッププレーヤーとして活躍するユーリー・イワノフと再戦しました。アンディは以前に一度、イワノフがチャンピオンだった時に、彼に勝っているのです。二十年ぶりの二人の再対局は大変な話題になりました。当然、対局直前の記者会見の模様は、テレビとネットで世界中に配信されたのですが……」

蓮花はそこで言葉を切り、バックミラーに映る安奈の目を覗き込んだ。それから、ゆっくりとこう続けた。

「全世界が注目するその記者会見の席上、アンディはテレビカメラの前でアメリカ大統領から届いた親書に唾を吐いて、侮辱したのです」

8

一年後、アンディが七歳の誕生日を迎えた頃には、もはや同年代の子供たちはおろか、同じチェスクラブに通う大人たちでさえほとんど相手にならず、唯一、師匠のキングズレー牧師のみが、アンディに対して〝指導的な〟対局を行えるだけであった。

アンディは、チェスというこの不思議なゲームの世界にのめり込んだ。のめり込めばのめり込むほど、チェスの世界がどこまでも広がっているのがわかった。この広大な宇宙を探究することに比べれば、同年代の他の子供たちと一緒に学校に通うことなど、およそ無意味で、無駄な、馬鹿げたことにしか思えなかった。

「将来はチェスのマスターになるのに決まっているのに、なぜ学校で退屈な勉強なんかしなければならないの？」

アンディはしばしばそう言って母親を困らせた。あるいは、

「学校の先生は、どうしてまともにチェスを指すことさえできないの？　キャスリングの仕方もろくに知らないなんて、どうかしているよ」

と真面目な顔で言った。

しかも、それは真実であった。

アンディは、ボストン聖ジョージ教会チェスクラブの代表としてアマチュアのリーグ戦に参加し、並み居る年上のプレーヤーを相手に快進撃を続けた。

出る大会、出る大会、文句なしの成績で優勝。

こうなると、周囲の大人たちまでがその意見に賛意を示し、アンディをけしかけるようになった。

その後しばらくして、アンディがあるチェス大会に参加した際、翌日の地元新聞にこんな見出しが載った。

チェスの天才児、中学の数学教師を一蹴！

教えられるのはどっちだ？

以後、アンディは学校に行かなくても、チェス盤を前に置いてさえいれば、母親から叱られることはなくなった。

9

蓮花は案内されたホテルの部屋のドアを開け、入り口で立ち止まると、左右を見回してかすかに眉をひそめた。

振り返ったその顔には明らかに当惑の色が浮かんでいる。

「ここ……ですか？」

蒲田リバーホテル、七〇三号室。

ツイン仕様の部屋の広さは、都内の標準のビジネスホテル仕様だ。ロサンゼルスから来た〝お金持ち〟の蓮花の目には、ひどく手狭に感じられることは想像に難くない。

「でも、どうして最初か、次のホテルにしなかったのですか？　お金なら、わたしがお支払いしましたのに……」

蓮花はそう言って、当然のようにアメックスのゴールドカードを取り出してみせた。

タクシーの運転手に安奈が最初に告げた行き先は、コンチネンタル・ホテルだった。コンチネンタル・ホテルの前でタクシーを降りると、すぐに別のタクシーに乗り換え、グランド・ホテルへ。グランド・ホテルではロビーをまっすぐに突っ切り、別の出口からさらにタクシーをつかまえて、結局この蒲田リバーホテルにたどり着いたというわけだ。

フロントでの手続きは、安奈がすべて済ませた。

タクシーを乗り換えたのは無論、尾行の可能性を消すためである。コンチネンタルやグランドを避けたのは、大きなホテルは昼夜を問わず人の出入りが多く、動線が複雑になるので警護には向いていないからだ。宿泊料を現金で払ったのも、カードの使用状況から居場所を特定されないよう、念のための用心だ。

蓮花にはそこまで説明する必要はない。口を動かす前にやることがあった。

「がまんして。少しのあいだだから」

短くそれだけ言って、安奈は蓮花の傍らをすり抜けるようにして先に部屋に入り、手早く室内を点検してまわった。

バスルーム、クローゼット、カーテンの裏、机の引き出し、蛍光灯、電話、コンセント、ベッドの下を覗き込む……。

考える前に体が動いた。

一度徹底的にたたき込んだ癖は、そう簡単に抜けるものではない。

――問題はなさそうだ。

廊下で待っていたウォーカーに、はじめて部屋に入るよう促した。

ウォーカーはすっかりむくれた様子で一言も発せず、部屋に入ると荷物を床に放り出し、ベッドに身を投げ出すようにうつ伏せに倒れ込んだ。それきりピクリともしない。

「しばらくはここで隠れていて。多分、一日か二日……。その間に何か手を考える」

安奈の言葉に蓮花はこくりとうなずき、空いたベッドに腰をかけて、持ってきたカバンから着替えや身の回りの品をちまちまと広げはじめた。

安奈はフロントで借りたパソコンを机の上に広げ、ネットに接続した。

状況が全く見えていなかった。

ダズンで蓮花を紹介されてから、まだ何時間も経っていない。そのわずかな時間に、〝偉大なチェスの世界チャンピオン〟だの、〝アメリカ大統領を侮辱した〟だの、〝テレビカメラの前で親書に唾を吐いた〟だのと言われても、それが全体の状況の中でいったい何を意味するのか、まだ少しも把握できていなかった。

わかっているのは、今夜、蓮花のマンションに偽の入管職員を名乗る男たちが訪れ、部屋に押し入ろうとしたこと。しかもその男たちは、かつてウォーカーを拉致しようとした者たちらしい、ということだけだ。

いや、もう一つ。

男たちの少なくとも一人は、拳銃とおぼしきものを所持していた――。

安奈はパソコンの電源を入れ、画面が立ち上がるまでの間にそれだけの情報を頭に巡らせた。

ふと、袴田店長とリコのお気楽な笑顔が並んで脳裏に浮かび、顔をしかめた。

いつの間にか二人の思惑にまんまと乗せられてしまっている。もっとも、彼らもまさかここまで深刻な状況を予想していたわけではあるまい。

いずれにしても、もはや法律上の資格がどうのと言っている場合ではなかった。

誰のせいかはともかく、すでに事態に巻き込まれているのだ。

巻き込まれた状況についての情報を集め、整理し、次の事態に備えるしかない。

安奈は検索サイトの画面を前に一瞬思案し、それから、いくつかのキーワードを入力した。

アンディ・ウォーカー　チェス　世界チャンピオン

検索をかけると、たちまち膨大な数のサイトがヒットした。

その信憑性の定かならぬ種々雑多な無数の情報の中から、比較的信頼できそうなものを選びだし、画面に呼び出した。

＊＊＊＊＊＊＊＊＊＊＊＊＊＊＊

アンディ・ウォーカー

アンディ・ウォーカー（Andy Walker, 1967年3月9日——）。アメリカ合衆国ボストン生まれのチェスプレーヤー。チェスの世界チャンピオン。本名、アンドリュー・ウォーカー（Andrew Walker）。その容赦ない棋風から「陽気な虐殺者」「サディスティック・キング」、あるいは「永遠の天才児」とも呼ばれる。

5歳のとき、姉からチェスを教わる。

1980年、13歳で初出場した全米チェス選手権では十一ゲームを一つの引き分けもなく、すべてに勝利を納めるという前例のない偉業で見事に優勝。同年インターナショナルマスター、翌年には国際グランドマスターとなる。これはいずれも、当時の最年少記録であった。

思いもかけぬ捨て駒を用いて相手陣営に鋭く切り込み、完膚無きまでに相手を叩きつぶす独特の棋風は、当時引き分け《ドロー》試合の多かったチェスの世界に新風を吹き込んだ。

1987年、フランスのナントで世界王者への挑戦者決定戦がランキング上位四名によるリーグ戦形式で行われ、アンディ・ウォーカーは初戦、ソビエト連邦（当時）のアレクサンドル・コロレフに六対〇で完勝。さらにフランスのアンリ・パスカルにも六対〇でまたもや完勝。さらには元世界チャンピオンのニコライ・チュガイノフに五勝一敗三引き分けという驚異的な戦績で、当時世界チャンピオンであったユーリー・イワノフへの挑戦権を得た。

翌88年、コペンハーゲンで行われた世界選手権でイワノフを破り、二十一歳の最年少記録で世界チャンピオンの座に就く。

ところが、1989年、世界チェス協会が用意したエキシビションマッチの会場に姿を現さず、不戦敗のままタイトルを剝奪。その後行方がわからなくなり、一説によれば精神を病んでカナダの精神病院に長期入院しているとも、またすでに自ら命を断ったとも、あるいは記憶を失ってロサンゼルスの裏通りでホームレスをしている等さまざまな噂が流れたが、昨年、チェス界に電撃的に復帰。

ジャカルタで行われた前王者イワノフとの再戦では「圧倒的不利」の下馬評を覆して勝利を収め、関係者を驚かせた。

この対局に懸けられた賞金は約300万ドル。しかし、アメリカ政府が「賞金の提供を申し出たイスラム系金融機関が、国際テロ組織アルカイダのマネーロンダリングに使われている可能性がある」として、対局の中止を要求。直前に行われた記者会見において、アンディ・ウォーカーがアメリカ大統領から届いた親書に唾を吐きかける模様が、テレビ及びネットを通じて全世界に流れるという一幕があった。

この試合後、アンディ・ウォーカーは再び消息不明となる。

未確認情報として現在日本に滞在中との情報もあるが、真偽のほどは不明。

イワノフとの再戦に勝利したことを受け、世界チェス協会は来年リオで行われる〈世界王者挑戦者決定戦リーグ〉への特別招待選手としてアンディ・ウォーカーを認定しており、会場に姿を見せるかどうか動向が注目されている。

＊＊＊＊＊＊＊＊＊＊＊＊＊＊＊＊＊＊＊＊

言語を変えていくつか検索してみたが、おおよそ同じような内容であった。もちろん、〝アンディ・ウォーカーは宇宙から来た。大会期間中、会場上空にはUFOが目撃された。現在アンディは衛星軌道上の母船にいる〟だの〝アンディ・ウォーカーはブロッケン山に籠もって夜な夜な怪しげな儀式を行い、悪魔と取引をしている〟などといったネット特有の怪情報を除いての話だ。

安奈は画面から顔をあげ、腕を組んだ。

ちらりと背後を振り返る。

ウォーカーは依然としてベッドにうつ伏せに横たわったままだ。一瞬、死んでいるのではないかと心配になったが、よく見れば背中が呼吸に合わせて上下している。隣のベッドで、広げた洋服の整理を続ける蓮花が平気な顔をしているところをみると、だいたいいつもこんな感じなのだろう……。

安奈は中空に目を据え、頭の中の情報をもう一度整理した。

本人を目の当たりにしては未だに信じがたいことではあるが、どうやらウォーカーは本当に、かつてチェスの世界チャンピオンとして君臨していたらしい。しかも、不世出の天才プレーヤーとして、だ。

Genius。

天才。

アンディ・ウォーカーをネットで検索すると、この形容詞が必ず一緒についてくる。

チェスの天才。生まれながらの才能。彗星のごとく現れた天才。百年に一度の大天才。不世出の天才プレーヤー。天才ゆえの奇矯な言動。そして、天才馬鹿《イディオ・サヴァン》。

ウォーカーはわずか二十一歳の若さで世界チャンピオンになりながら、その地位をあっさりと捨てて、行方をくらました。しかもそれから二十年近いブランクを経て、その実力がいささかも衰えていないことを見事に証明してみせたのだ。

天才――もしくは、天才馬鹿――の言葉は、あながち的外れではないのだろう。しかし……。

安奈はもう一度肩越しに背後を振り返った。

靴をはいたままベッドに長々と横たわるウォーカーのひょろりとした背中。

検索画面には、関連画像として動画サイトが参照されていた。

記者会見場でウォーカーが大統領親書に唾を吐く問題の場面の動画だ。大統領親書に唾を吐く場面だけがくりかえし編集されており、うっかりすると彼が何度もくりかえし唾を吐きかけたように錯覚しそうだ。

記者会見での彼の発言も聞くことができた。

――アメリカ合衆国の大統領は馬鹿だ。チェスの駒の動かし方もろくに知らない。

――馬鹿を大統領にするような国はテロの対象になる。9・11は馬鹿を大統領に選んだアメリカ国民が自ら招いた。いわば自業自得だ。

——ルールも知らないくせにチェスの試合に口を出す奴は、手のつけられない馬鹿野郎だ。

ウォーカーの驕《おご》り高ぶった顔がアップになる。興奮に紅潮した顔。はげ上がった額のかなり上の方まで赤くなっている。目がギラギラと輝き、まるで別人のようだ。

安奈は眉をひそめた。

二十年ぶりの再起戦に水をさされたウォーカーが腹を立てる気持ちはわからなくもない。だからといって、全世界が見守るテレビカメラの前で大統領親書に唾を吐くのは、いくらなんでもやりすぎだろう。

だが、蓮花がどう言おうとも、全世界に向けた公の場で侮辱されたからといって、それだけのことでアメリカ大統領がウォーカーの拉致を命じたとは考えづらかった。第一、ウォーカーを拉致しようとした男たちは、あきらかにチンピラクラスの小物だ。彼らは二度試みて、二度とも失敗している。とても裏で大国が動いている作戦のようには思えない。

その一方で気になることもあった。

蓮花はさっき「以前、いくつかの警備会社に警護の依頼をしたのだが、ぜんぶ断られてしまった」と言った。通常、料金をちゃんと支払ってくれさえすれば、警備会社は警護の依頼を断らない。建前上、日本国民の税金で働いている日本の警察とは違って、警備会社は依頼主の国籍を気にする必要はないのだ。

なぜ彼らは、そろいもそろって蓮花の依頼を断ったのか?

考えられる可能性が一つあった。

警備会社は、一面、退職した警官の天下り先でもある。

警察ＯＢを抱えることで警備会社としては依頼人の信頼を得やすくなり、一方警察組織も退職後の受け皿が見えているのは悪い話ではない。また、警備業務には様々な法律や資格問題がからんでおり、その点でも警察と警備会社は持ちつ持たれつの関係だ。

正式な通達など必要ではない。警察の上の方の人間が雑談交じりに口にした遠回しの仄《ほの》めかし、あるいはそれとなく匂わせた言葉だけで、警備会社はその方針に従わざるを得ない……。

と、そこまで考えて、安奈はふたたび首をひねった。

警備会社に圧力をかけられるほどの大物がこの一件に絡んでいるのなら、今度は差し向けられたあの男たちが小物すぎる。

どこか、ちぐはぐな感じだった。

まだ何か、未知の要素がこの件にかかわっている。そうとしか考えられなかった。

その時、ポケットの中で携帯電話が短く震えた。

取り出して、着信履歴を確かめる。

「……ちょっと出てくる」

着信履歴に目を落としたまま、蓮花に声をかけた。

「わたしが戻ってくるまでは、誰が来ようとも絶対にドアを開けないで。ドアを開けるのは、必ず覗き穴《ドアスコープ》でわたしの顔を確認してから。いいわね？」

不安そうに頷く蓮花を横目で見ながら、部屋を出た。

そのまま非常階段に向かう。

つるりとしたスチール製のドアを開けて外に出ると、京浜工業地帯の無機的な工場施設が眼下に一望できた。

その向こうに、東の空がかすかに白み初《そ》めている。

手にした携帯が、ふたたび震えた。

安奈は一瞬手の中で光を放つ携帯を強く見つめた。すぐに通話に切り替える。

「……はい」

「やってくれるじゃねえか」

ざらりとした、低い男の声。皮肉な形に歪められた男の薄い唇が目の前に浮かぶ。

安奈は相手に気取られぬよう小さく一つ息を吐き、気持ちを落ち着かせて、冷静に答えた。

「ご無沙汰しております、首藤主任」

10

首藤武紀《たけのり》。

安奈が警視庁警備部警護課第三係に配属された際の、直属の上司だ。

彼の噂は、警察学校で訓練中に教官たちから何度も聞かされた。

大学時代、剣道の学生選手権を二度制し、警視庁に入ってからはエアピストルでオリンピック日本代表候補となる。警察学校での三ヵ月に及ぶSP訓練では、毒舌でならした教官たちがその舌を巻くほどの抜群の成績を収めた。

警護課に配属後は着実に実績を積み上げ、二年後にアメリカのシークレットサービスの警護技術を習得するためにワシントンに留学。噂では、実際にシークレットサービスとともに、密かに大統領の警護任務についた経験もあるという。

口の悪い教官たちはしばしば、訓練生のふがいなさを首藤の訓練時の成績と比較して、大袈裟に嘆いてみせたものだ。

将来の警護課を背負って立つ逸材。

誰もがそう認める存在である。

その彼が、警護課のエースである第一係——即ち内閣総理大臣の警護担当から外れ、三係の主任をしていたのは、直前に政権交代が行われ、新総理が旧政権の総理担当だったSPたちを遠ざけたからだった。

「前の総理大臣の警護担当には守ってほしくない」

新総理が警視庁幹部に不快げに漏らしたその一言によって、警護の体制が大幅に組み替えられた。どうやら新総理は「SPの仕事は警護すべき対象に惚れ込むこと。さもなければ、とっさの場合に身を挺し、また命を投げ出しての警護などできるはずがない」という警察内部に伝わる古い格言をどこかで聞きつけ、

──前総理に惚れ込んでいたSPには、政権交代後の総理を守れるはずがない。

そう考えた結果らしい。

誤解なのだ。

なるほど、かつてはそのような昔気質《むかしかたぎ》の考え方を持つ者もいたのだろう。しかし、現実問題として警護対象である政治家が国民の規範となる志の持ち主であることは、ましてや人として惚れ込むことができる対象であることは、残念ながら極めてまれだ。

SPは何も、対象が命をかけて守るべき人物だから警護の任務に就くわけではない。

身を挺して警護対象を守るのは、それが〝やるべき仕事〟だからだ。

SPを支えているのはむしろ、自分たちは全警察官から選りすぐられた精鋭だという圧倒的なプライド──自分たちにしかこの仕事はできないという自負であった。

誰を警護するのかを決めるのは、全く別の次元の話だ。

新政権の首相の懸念は逆に、最も優秀な警護担当者を遠ざけ、自らの身の危険を増しただけにすぎない。


安奈たちが警察学校でSPの訓練を受けていた頃、首藤が何度か教官として指導に来たことがあった。

その時首藤が訓練生に課したのは、彼が学生時代に全国を制したという剣道でも、またオリンピック日本代表候補にまでなったエアピストルでもなかった。むしろ彼は、剣道や柔道、射撃といった正規の訓練は無視して、より実践的な――たとえば両側を壁にさえぎられた狭い廊下や階段、時にはトイレのような限定された空間での、数人のチームによる警護訓練をくりかえし行わせた。

「主眼は、あくまで警護対象の安全確保だ」

首藤は訓練を前に、短く注意を与えた。

「犯人逮捕はSPの任務ではない。暴漢が警護対象を襲った、あるいは銃声その他不審な物音を耳にした場合は、まず対象の正面に立ちはだかること。これを条件反射になるまで身体にたたき込め。その上で主に足をねらった攻撃によって暴漢の動きを封じる。その間にチームの他の者が警護対象を現場から脱出させる。警護対象が現場から脱出したことを確認したあとで、やむを得ない場合にかぎって銃を抜き、暴漢の足に向かって発砲」

訓練では実際に、暴漢に見立てた標的にむかって実弾が発射された。

指示された訓練手順をなんとか無事にやり終え、訓練生がほっとした顔をしていると、たちまち首藤主任の容赦のない声が飛んできた。

「何をやっている！　もう一度最初からだ」

いったい何が悪かったのかわからず目をしばたたかせている訓練生に向かって、首藤主任は氷のような冷ややかな声で言った。

「日本のSPが所持を許されている拳銃は二二口径。交番勤務の制服警官が所持する三八口径と比べても、はるかに小さい。弾が当たったとしても鉛筆の芯くらいなものだ。殺傷能力はほとんどないと思え。過去には取り押さえられるまでに五発の銃弾を体にくらって、なおナイフをふるいつづけた暴漢がいるくらいだ。銃はあくまで補助的手段。相手を完全に取り押さえるまでは、決して気を抜くな！」

最初からやり直すべく所定の位置に駆け戻ろうとしたところ、背後から鋭く呼び止められた。

「待て、冬木！」

その場に一人残り、首藤と向き合った。

「……古武術か」

目を細め、安奈の顔を見て呟いた。調書には書いていない。おそらく訓練中の安奈の動きを見て気づいたのだろう。首藤主任は軽く顎を上げて続けた。

「動きが、半呼吸遅い。相手の出方に合わせすぎだ」

安奈が無言でいると、ざらりとした低い声で無表情に続けた。

「なるほどSPの基本は相手合わせだ。どんな場所で、どんな暴漢に出くわしても、相手に合わせて対処しなければならない。だが、SPは同時に敵が致命的な武器を取り出す前に動きを封じることも求められているんだ。もう半呼吸、反応を早くしろ」

安奈の顔にちらりと横切った表情を見て、ニヤリと笑った。

「〝相手がナイフを取り出したあとでも問題なく取り押さえられる〟。いまそう思ったな？　一対一なら、勝手にやるがいい。だが、暴漢の振りまわすナイフがたまたま近くにいた子供を傷つけたらどうする？　あるいは取り出した拳銃を闇雲に乱射しはじめたら？　SPの任務は警護対象の身を守るだけじゃない。対象をいかなるトラブルからも守ることが要求されてるんだ。〝何もない〟のが当たり前。騒ぎになれば、それは、即任務失敗を意味する。暴漢が動く前に対処。そのためには、もっと相手の手の動きに注意しろ。警護対象に近寄る者の手から絶対に目を離すな。ポケットやカバンに隠された手には、必ずナイフ、その他の武器を予測すること。その上で〝後の先〟ではなく、〝先の先〟の呼吸で動け。いいな」

返事は待たず、首藤主任はくるりと背中を向けた。

〝後の先〟あるいは〝先の先〟は、武道における独特の動きの概念だ。

古武術や合気道では一般に〝後の先〟と呼ばれる呼吸で動くことが多い。攻撃してきた相手の力を最大限利用して反撃に転じる。〝先の先〟は逆に、相手が動こうとする気配を読み、一瞬早く動くことで相手の動きを封じる。

かつて剣道で学生選手権を制した首藤ならではのアドバイスだった。

その後も首藤は何度か警察学校を訪れ、訓練の指導に当たった。

基本は常に、暴漢の動きをどうやって制圧するか。

様々な武器をもった相手を想定して、訓練は何度となくくりかえされた。

誰かが少しでもヘマをするたびに、

——やる気がないんだったら、いつでも辞めていいんだぞ。

と冷ややかな口調で言われた。成績いかんによっては容赦なく原隊への復帰を勧告された。そのたびに、プライドもなにも根こそぎにされるような気がしたものだ。

三ヵ月に及ぶ苛酷な訓練期間の終了後、安奈は警視庁警備部警護課第三係に配属された。

その時、三係を率いていた直属の上司が、首藤主任だった。

とっつきやすい上司とは言い難かった。が、それを言えば安奈自身、人間関係が得意ではなく、無理やり笑顔をつくることなど蕁麻疹《じんましん》が出そうなくらいうんざりしていたからこそＳＰを志願したのだ。この仕事に〝仲良し倶楽部〟的な雰囲気を望んでいたわけではない。

警護三係の主たる任務は、海外からの要人、あるいは在日大使などの警護。

配属直後から先輩ＳＰたちに交じって任務についた安奈は、実際に首藤主任の完璧な仕事ぶりを目の当たりにして舌を巻くことになった。

噂によれば、彼の頭の中には常に警護対象と何らかの関係がある人物、およそ三百人分の顔と経歴が詰め込まれているのだという。

その上で首藤主任は、警護対象のスケジュールに合わせ、その日その場で接近する人物をあらかじめ想定。万が一、想定範囲にない未知の人物が警護対象に近づいた場合は、すぐに無線で指示が飛んで、その方向に警護員の壁ができあがる……。

動く壁。

ＳＰが巷間そう呼ばれているのは知っていたが、首藤主任が実際に部下たちを使い、不規則に移動する警護対象を完璧に〈動く壁〉のなかに取り込み、安全を確保するさまは圧巻だった。

目に見えることだけではない。

首藤主任は完璧な警護を前提としながら、その一方で常に不測の事態を想定し、これに備えていた。

任務に就く際、課員は必ず緊急時の避難場所を確認させられた。避難場所とするホテルの所在地、偽装用の偽名、緊急連絡用の電話番号、その他諸々の手配が詳しく決められ、完璧に頭に入れておくことが求められた。安奈が知るかぎり、緊急避難が実際に行われたことはなかったが、それでも首藤主任は新しい任務に当たって、毎回必ず、不測の事態の対処方法を課員に徹底させていたのである。

配属当初、安奈は任務中にごくささいなミスを何度か犯した。一瞬動くのが遅れて警護対象の進路を遮った、あるいは警護対象を会場入りさせるタイミングが三秒遅れたといった、おそらく当人以外は誰も気づかなかったはずの小さなミスだ。

そのたびに、だが、必ず後で首藤主任から呼び出しを受け、生まれてきたことを後悔するほどの叱責を受けた。

それもすぐになくなった。

首藤主任の仕事のやりかたに合わせて、安奈は完全に自分をコントロールした。

最初は珍しい女性SPということで色物扱いしていた周囲の者たちも、次第に安奈の存在を認め、命懸けの危険な職務につく同志として扱うようになった。任務のない待機の時間につまらない冗談を飛ばしては、安奈に冷たく一瞥され、苦笑しながら頭を掻くベテランのSPもいたくらいだ。

安奈にとって、SPの職務は生まれてはじめて見つけた自分の居場所だった。

自分が自分自身として振る舞うことのできる仕事に出会うのは、この御時世、奇跡と言っていいほどの幸運だ。

安奈は相変わらず表情の乏しい不機嫌そうな顔の陰で、ひそかに己の幸運を噛み締めていた。すべてうまくいっている。そう信じていたのだ。

あの事件が起きるまでは——。

11

「どういうつもりだ」

携帯電話の向こうで、首藤主任の冷ややかな声が尋ねた。

「冬木。自分が何をやっているかわかっているんだろうな」

「……わかっているつもりです」

安奈は携帯電話を耳に当てたまま軽くあごを引き、低い声で答えた。

一瞬、首藤主任の引き絞った細い目と、貫くような鋭い視線が脳裏に浮かび、反射的に背筋が震えた。

連絡は予想したことだ。

否。

逆だ。

首藤主任と連絡を取りたかったからこそ、この手段をとったのだ。

蒲田リバーホテルは、安奈がSPを辞めるきっかけとなった最後の任務の際、緊急避難場所として首藤主任があらかじめ指定したポイントのひとつだった。

フロントで、安奈はある偽名と連絡先の電話番号を宿泊者名簿に記した。

その組み合わせが現れた場合、ホテルにはすぐに警察に通報するよう指示してあった。ホテルからの通報は、そのまま首藤主任につなげられる……。

一年も前の話なのでうまくいくかどうか心配だったが、システムはまだ機能していたようだ。

「お願いがあります」

安奈は思い切って口を開いた。相手は無言。かまわず続けた。

「現在、アンディ・ウォーカーというアメリカ人の保護を依頼されています。本名アンドリュー・ウォーカー。A・N・D・R・E・W・W・A・L・K・E・R。元チェスの世界チャンピオンです。彼はすでに一度、警察及び、いくつかの警備会社に保護を依頼したにもかかわらず、なぜかいずれも拒否されています。彼の保護依頼が拒否された理由を教えてもらえないでしょうか」

「……民間人に教えられるかよ」

あざ笑うような声が耳元に響いた。

「いいか、警察は申請のあったすべての保護依頼を引き受けるわけじゃない。警備会社はなおのことだ。依頼を受ける、受けないは、それぞれの会社の勝手だ」

「しかし、何かひっかかるのです」

安奈は必死に食い下がった。

「警察はともかく、警備会社までがこぞって彼の保護依頼を断ったのには、何か裏の事情がある気がします。ウォーカーは一度路上で拉致されそうになり、今夜もまた彼を狙ったと思しき二人連れの急襲を受けました。少なくとも、何者かが彼を狙っているのは間違いありません」

「拒否された理由を知って、どうするつもりだ?」

「〝理由がわかれば、対処の方法は必ず見つかる〟。そう教えられました」

首藤主任に、だ。

一瞬、間があった。

「おまえがいまやっていることは法律違反だ。それ以上関わるな」

ざらりとした声が、突き放すように言った。

安奈は唇を噛み、手のなかの携帯電話をきつく握り締めた。

そんなことは、言われなくともわかっている。だが――。

「今夜ウォーカーを狙った二人の男のうち、少なくとも一人が拳銃を所持していました」

安奈は低い声で言った。これが最後の切り札だった。

「助けを求めてきた相手が、拳銃を持った連中に狙われているのです。このまま見捨てるわけにはいきません」

安奈は言葉を切り、目を閉じた。

これは賭けだ。

本来なら、SPを辞めた安奈の依頼など、きっぱりと無視すれば良いだけの話だ。もし、首藤主任が一年前の〝あの事件〟をまったく意に介していないのなら、この賭けはそもそも成立しない……。

沈黙が続き、電話の向こうにはもはや相手がいないのではないかと疑いはじめたその時、耳元で低い声が響いた。

――話せ。

安奈は目を開け、詰めていた息をそっと吐き出した。

どうやら賭けに勝ったらしい。


安奈は自分がこの一件に巻き込まれることになった経緯と、ウォーカーを狙った二人連れの男の特徴を、かいつまんで首藤主任に告げた。

もちろん、蓮花が唱える「アメリカ合衆国大統領犯人説」や、ウォーカーの恐るべき変人ぶりについては、ひとまず省略して、だ。

「以前、路上でウォーカーを拉致しようとした男たちと、今夜入管職員を偽装して現れた二人連れは、おそらく同一人物だと思われます」

安奈はモニターごしに見た二人組の男の姿を頭のなかに呼び出して、先を続けた。

「一人は身長百七十センチ、体重八十キロ前後。小太り。筋肉質。五分刈りの丸顔。眼が細く、団子鼻。二重顎。色白で眉が薄く、全体につるりとした印象。声質は高目。訛りから北関東出身と思われます。一見人好きのする感じですが、怒るとコントロールがきかなくなるタイプに見えました。

もう一人の男は、身長百七十五センチ、体重六十キロ前後。細身。細面。髪形はオールバック。肌の色が浅黒く、全体的に日本人離れした彫りの深い顔立ち。もしかすると日本人ではないかもしれません。右頬縦に鋭利な刃物による古い傷痕。終始一言も発しませんでしたが、二人のうちこの男の方が立場が上の印象です」

少し考えて、最後につけ足した。

「二人とも、左の手首に魚の鱗を組み合わせたような妙な入れ墨をいれていました」

安奈が話している間、首藤主任は一言も発しなかった。

受話器から立ちのぼる沈黙に、安奈は、だが、今度は不安を覚えなかった。

SP時代も、安奈は首藤主任が誰かの報告を聞きながら途中で口を挟んだり、あるいはメモを取ったりする姿を一度も見たことがなかった。

報告の間、首藤主任はたいていデスクに肘をつき、指を組み合わせた姿勢で、無言のままじっと耳を傾けていた。そうして、必要な情報はすべて頭の中に入れ、整理していたのだ。

SPが警護任務の途中でメモなど見ていたのでは話にならない。

事前に収集した膨大な情報を頭の中で整理し、状況に応じて重要性を判断。頭で考える前に体が反応するのは、常に危険と隣り合わせの現場で仕事をするSPにとっては必要不可欠な能力だった。

「十五分後に電話しろ」

聞き終えると、首藤主任はすぐ切り返すように言った。

「携帯からじゃなく、普通電話からだ。こっちの番号は……」

「わかっています」

「そうだ、な」

受話器の向こうで一瞬相手がかすかに笑う気配があり、それから、唐突に電話が切れた。

声が聞こえなくなった後で、安奈は自分でも思いがけないほど手の中の携帯電話をきつく握り締めていたことに気づいた。

苦笑して、携帯をポケットに収める。気がつくと、さっきまで眼下の工場施設を明るく照らし出していた照明が消えていた。

照明が必要ないほど辺りが明るくなっていたのだ。

安奈は視線を上げ、刻一刻と青さを増してゆく東の空にじっと目を据えた。

長い一日になりそうだった。

重いスチール製の非常扉を抜けて、ホテルの廊下に戻った。

客室はいずれも静まりかえったままだ。東の空が明るくなりはじめているとはいえ、この時間、起き出す宿泊客はまだいない。

蓮花とウォーカーを残してきた部屋の前を通り過ぎ、そのままロビー階におりた。

ロビーの奥まった場所に、最近ではすっかり珍しくなった旧式の電話ボックスがある。そのことはホテル到着時に確認済みだった。逆に言えば、盗聴の恐れの少ない普通回線の電話を使えることが、このホテルが緊急避難場所として選ばれた理由に違いない。

ボックスのなかに入り、壁にもたれて、ひとつ息をついた。

十五分。

正確にタイミングをはかり、受話器をとりあげる。

用意したコインを電話機にほうり込み、八桁の番号をダイヤルした。

35810……。

頭で考えるより前に指先が勝手に動いた。

呼び出し音は聞くまでもなかった。自分から名乗る。

「冬木です」

「良い情報と、悪い情報がある」

と首藤主任のざらりとした低い声がすぐに応えた。

「どっちを先に聞きたい?」

「良い情報から、お願いします」

反射的に答えてから、気づいた。そう言えば、SP時代、安奈はいつも〝良い情報〟から聞くようにしていた……。

「二人の男の身元が割れた」

首藤主任が無機的な声で言った。

中尾《なかお》大樹《たいき》と李周明《りしゆうめい》。

いつものやり方で漢字と読みを伝え、安奈に書き取らせた。

「二人とも関東龍《かんとうりゆう》神会《じんかい》傘下のチンピラだ。銃をもっていた細身の男の方が、兄貴分の李。李は、冬木が睨んだとおり、マレーシア人の血が半分交ざった華僑の出だ。中尾の手首の入れ墨は、兄貴分の李を真似ていれたものらしい」

――関東龍神会傘下の、チンピラ？

安奈は無言のまま眉を寄せた。

関東龍神会は、広域暴力団にも指定されているいわゆるヤクザだ。しかし……。

予想していた敵のイメージと、やはりどこかチグハグな感じがする。

ただし、と首藤主任がすぐに後を続けた。

「李と中尾は、ここ最近、組事務所には顔を出していない。二人がどこか別のところから金をもらって、こそこそ動いているという噂がある。他にも妙な動きをしている下っ端が何人かいるようだ。いま暴対課の人間に、そいつらの面子《メンツ》を確認してもらっている」

敵の数はまだ特定できない。が、組織犯罪の可能性は薄いということだ。

これが良い情報だとすると……。

「次に、悪い情報だ」

首藤主任が冷ややかな声で言った。

「アメリカ大使館は現在、アンドリュー・ウォーカーが所持するパスポートの失効を宣言している」

——えっ？

予期せぬ情報に、一瞬頭の中が真っ白になった。

「それじゃ、まさか……」

「アンドリュー・ウォーカーは、パスポートを持たない不法滞在者だ。彼は発見され次第、入国管理法違反で逮捕され、身柄を拘束される」

容赦のない声で事実を告げる首藤主任の厳《きび》しい顔が脳裏に浮かび、安奈はごくりとひとつ唾を呑み込んだ。

12

入江《いりえ》康憲《やすのり》の第一印象は、ひとことで言えば「最悪」だった。

入江の特別警護任務を命じられたのは、一年前。安奈がSPという仕事に、誇りと生きがいを見出しはじめた矢先のことだ。

本来、SPの警護対象は内閣総理大臣をはじめとする国務大臣、衆参両院議長、最高裁長官、海外からのＶＩＰ、加えて経団連のトップ、野党党首クラスまでだ。入江のような、当選一回、三年目の若手〝平〟議員の警護任務を命じられることは極めて珍しい。

もともとはＩＴベンチャー企業の社長。そのままマンガになりそうな特異な容貌と歯に衣を着せぬ型破りな物言い、さらには一見陽性の親しみやすいキャラクターで、一時期テレビ出演の依頼が引きも切らず、たちまちマスコミの寵児となった。

先の総選挙では与党の客寄せパンダとして候補にかつぎ出され、大方の予想に反して、そのまま当選。貴重な一議席を得た与党のお偉いさんたちを喜ばせた。

だが、彼らはその後、入江の飼い馴らしに見事に失敗する。

国会議員となった後も、入江は政治の世界のしきたりなど一切おかまいなく、勝手気ままに振る舞った。彼はまず、周囲が諫める声を無視して、いきなり党の総裁選に出馬。最下位落選するものの、はからずも古い体質を露呈した政府与党は国民の前に面目を失うことになった。

続いて、党の大物政治家にゼネコンからの裏献金疑惑が浮上すると、入江は出演したテレビのバラエティー番組の中でこの一件を徹底的に批判した。いや、よく聞けば彼の言説は決して論理的でも、また問題を根本からつきつめているわけでもないのだが、テレビの視聴者には〝くるくると良く回る舌〟と〝歯に衣を着せぬ型破りな物言い〟、何より〝わかりやすい一言〟こそが求められる。入江の発言はおおむね好意的に受け入れられた。

不況が長引き、古い形での政治が飽きられる中、ネット上には入江を「日本の政治の救世主」と呼び、信奉する者さえ現れるほどだった。

そんな状況の中、入江の自宅に脅迫状が届けられる。実弾入りの封筒。具体的な脅迫の文言はなかったが、報告を受けた党本部は、入江の秘書を通じて警視庁にSPの派遣を要請。ちょうど、海外から警護すべき要人の来日予定が入っておらず、手すきだった三係に任務が回ってきたのである。

命令により、当面、首藤主任以下三係六名態勢、三交替での二十四時間警護が行われることになった。

顔合わせのため、入江の住まいである六本木の高層マンションに行くと――議員宿舎は当然使っていなかった――、最上階《ペントハウス》の部屋の前の廊下に要請を受けて出動した所轄の制服巡査が二人、仏頂面で立っていた。

引き継ぎをする間も彼らはひどく不機嫌であり、手続きが済むと急にせいせいした顔になって立ち去ったので奇妙に思っていたが、部屋に入り、入江当人に会ってたちまちその疑問が氷解した。

会って一目で嫌いになる人物が存在することを、安奈ははじめて知った。

テレビを通じて何度も見ているその顔は、だが、決して醜いわけではない。目鼻は平凡ながらむしろ整っている方だろう。ニキビあとが残る下ぶくれの顔。短く切った髪を逆立て、いつも拗ねたように唇を尖らせている。白目が目立つ三白眼はきょろきょろとして視線が定まらず、資料によれば年齢は三十八歳ということだが、落ち着きのない態度はまるで躾のできていない幼い子供のようだ。

テレビ画面のなかでは一種の魅力ともなり得る入江の〝型破りなふてぶてしさ〟は、実際に目にするとまるで別の感じを受けた。

首藤主任が担当SPを紹介し、警護手順を説明するあいだも、入江は鋭い目をときどきまったく無関係にくるくると動かしていたが、ふいに安奈に視線を止めて口を開いた。

「へえ、女のSPね。ほんとにいるんだ」

甲高い子供じみた声で話しかけられて、鳥肌が立った。

首藤主任が説明を続けようとすると、入江は急に激したような口調になり、

「いいから、ぼくの話を聞きなさいよ！」

とテレビですっかりおなじみとなった決め台詞を口にした。積み上げてきた議論をすべてご破算にし、無理やり自分の土俵に持ち込むその決め台詞は、非論理的であるがゆえにテレビ視聴者に受け、前年の流行語大賞の候補になったくらいだ。

「ねえ、きみ。なんでSPなんかになったの？　なんなら、ぼくがもっと良い仕事を紹介してあげようか」

「結構です」

と安奈は仕方なく口を開き、そして、きっぱりと言った。

「わたしはこの仕事に誇りをもっていますから」

ふうん、と入江は急に興味をなくした顔になり、面倒臭そうにソファーにもたれて、

「もういいよ、だいたいのところはわかったから。けど、警護なんて必要ないってぼくは言った

んだがなア」

そう言って、部屋の隅に立つ鞣革《なめしがわ》のような肌をした無表情な年配の男にちらりと目をやった。入江の第一秘書、上谷静《かみやしずか》。これまでに何人もの大物政治家の面倒をみてきた党のベテラン公設秘書だ。上谷が平議員の第一秘書を務めるのは異例だが、むしろ入江のお目付役として党から派遣されたのだろう。

「ま、みんな。それじゃ、せいぜい頑張ってぼくを守ってよ」

入江は小馬鹿にしたように唇を歪めてそう言うと、蠅でも追うような手つきでSPたちに部屋から出て行くよう促した。


SPの任務は、警護対象の一挙手一投足に目を配り、生活にぴったりと貼りつくように行われる。いくら〝三猿〟――見ザル、言ワザル、聞カザル――を決め込もうとも、自然と警護対象の生活観や金銭感覚、さらには人生観までが透けて見えてくる。

SPが警護につくVIPたちには、一般の人々と掛け離れた感覚の持ち主が多いのは確かだ。が、彼らと比べても、任務中に垣間見える入江の金銭感覚、生活観には、安奈はじめ担当SP全員が――顔に出さぬまでも――呆れるしかなかった。

入江は「この世に金で買えないものなど何もない」と信じていた。世間的な軽い意味ではない。入江の頭のなかでは目に入る物や人、全てが一目で金銭に変換して判断される。そして、金額さえ折り合えば、愛や名誉、人命でさえ手に入れられると信じて少しも疑っていないのだ。

大金を稼ぎ出した今、入江は自分は権力の側の人間であり、かつ世間から注目され尊敬される存在であるべきだと信じていた。選挙に出たのも、単に目立ちたいからであり、同じ党の大物政治家のゼネコン疑惑を追及したのも、それをやると目立つと判断したからだ。それで誰が迷惑しようと、入江の知ったことではなかった。

SPの任務において、好き、嫌いは関係ない。その人物を内心いくら嫌っていようが、警護の対象である以上、彼の身を守るのがSPの仕事だ。

頭ではわかっていても、今回の任務は気が重かった。

安奈たちが警護についてすぐ、入江は民放のあるバラエティー番組に出演した。番組内で脅迫状の件を尋ねられた際、入江は、

「一、二通の脅迫状なんてものは、まあ、有名税みたいなものでね。ぼくとしては〝かかってこい〟って感じですよ」

そう言って、笑いをとった。

テレビ向けのパフォーマンス。テレビ局や視聴者には受けるだろうが、その瞬間、画面に映らない場所で待機中だったSPは全員揃って顔をしかめた。

脅迫状の送り主が特定できていない状況で、犯人を〝挑発〟する。こんな馬鹿な話はあるまい。あとで編集してもらおうにも、生放送番組ではどうしようもなかった。

番組のなかで、入江はさらに、先に追及した党の大物政治家のゼネコン疑惑に関して発言を求

められると、

「うーん。話してあげたいんだけど、党のお偉いさんたちからこれ以上は話すなと言われていてね。でも、一晩付き合ってくれるんだったら、考えても良いよ」

と、まんざら冗談でもない顔つきでそう言って、質問した若い女性アナウンサーが顔を強ばらせる一幕もあった。

テレビ局からの帰り途、入江は上機嫌だった。

「どう？　けっこう受けたでしょ？　今日はわれながら悪くない出来だったなあ」

そう言って一人悦に入り、SP側からの苦情や助言などまるで耳に入らない様子だ。

本来SPと警護対象のあいだには信頼関係が欠かせない。

だが、今回の任務にかぎって言えば、SPと警護対象のあいだには信頼関係はおろか、正常なコミュニケーションすら成立していなかった。

――こんな任務にいったいどんな意味があるのか？

相変わらず表情ひとつ変えることなく坦々と任務を遂行する首藤主任の下で、安奈ははじめて疑問を覚えた。

そもそも、警護対象である入江自身がSPに警護される必要性をまったく感じていないのだ。SPには警護上の助言をすることはできても、VIPにスケジュールを強制することはできない。入江はSPの助言などほとんど無視して、自分のやりたいようにスケジュールを組み、出たい場所に出たが、その後、新たな脅迫状は送られてこなかった。本気、イタズラを問わず、脅迫的な電話やメールもない。

――たぶん、入江の言うとおりなのだろう。

最近では、テレビにしばしば顔を出すいわゆる〝有名人《セレブ》〟のなかで一通も脅迫状を受け取ったことがない者の方が珍しい。有名税。そう割り切ってしまえば、脅迫状ですら有名人《セレブ》の証明なのだ。どんな政治的理想も持ち合わせず、全て金で解決できると信じている入江の命を、本気で狙う者があろうとは思えない……。

事態が変化したのは、安奈がそう思いはじめた矢先のことだった。

警護開始から一週間後、入江が何者かに襲われたのである。

13

「理由は……理由はなんです？」

安奈は混乱する頭のなかを整理し、内心の動揺を抑えて、尋ねた。

「海外で使用中のパスポートの取り消しを宣言するためには、当該国に対して理由を開示する必要があったはずです。アメリカ大使館は、ウォーカーのパスポートの取り消し理由について、どう言っているんです？」

首藤主任が薄い唇を皮肉な形に歪める様子が、電話の向こうに見える気がした。

――民間人に教えられるかよ。

聞こえないはずの声が、聞こえた気がした。

安奈は目を細め、見えない相手にまっすぐに瞳を向けた。

きっちり五秒間。

永遠とも思える沈黙。

先に沈黙を破ったのは、意外にも首藤主任だった。

「ウォーカーについて、どこまで知っている？」

「アメリカ人。チェスの元世界チャンピオン。世界チェス協会が用意した防衛戦の会場に姿を見せず、不戦敗のままタイトルを剝奪。昨年ジャカルタで行われた復帰戦の後、ふたたび姿を消し、現在日本に滞在中との情報もあるが、真偽のほどは不明」

「その前提で聞け」

首藤主任が言った。

「話題性のあるチェスプレーヤー同士の国際試合は、テレビ及びネットを通じて世界中に配信され、裏でも表でも、莫大な金が動く。昨年ジャカルタで行われたイワノフvs.ウォーカー戦の勝者賞金は約三百万USドル。この金を提供した〝賞金スポンサー〟が、イスラム系の金融機関〈ザハブ〉だ。ところが対局直前になって、アメリカのFBIが、国際テロ組織アルカイダの資金迂回の隠れ蓑としてザハブが使われている可能性を示唆した。これを受けて、アメリカ政府はウォーカーに対局を行わないよう要請する大統領名の親書を送った。だが、ウォーカーは、記者会見の場で大統領親書に唾を吐きかけ、これを無視。対局を行い、勝って賞金を手にした。この行為によって、現在ウォーカーはアメリカ国内で国家反逆罪容疑で起訴されている。以上が、在日アメリカ大使館が開示したアンドリュー・ウォーカー名義のパスポート失効理由だ」

国家反逆罪？

およそ日本人には耳慣れない大仰な単語に、安奈は唖然となった。

人前で手紙に唾を吐いた。

たったそれだけの行為に対して、国家反逆罪などという重罪を適用できるものなのだろうか……？

「冬木、聞いているか？」

「はい」

我に返って答えた。

「そうか。それじゃ、これから俺が言うことは聞くな。単なる独り言だ」

と首藤主任は、さらに低い、呟くような声で続けた。

「いま言った表向きの理由とは別に、アメリカ大使館は非公式ながら、ウォーカーが国際テロ組織アルカイダと何らかの関係がある可能性を示唆している」

一瞬、何を言われたのかわからず、耳を疑った。

あのウォーカーが、国際テロリストと関係している？

悪い冗談だ。だが——。

「これ以上、ウォーカーには関わるな」

首藤主任が、かつて上司であった頃の命令口調で言った。

「テロリストとの関係を疑われる人物の警護活動を日本国の警察官が行うことは絶対にできない。まだ確認は取れていないが、大手警備会社が彼の警護依頼をこぞって断った理由もおそらく同じだろう。本件に関わる限り、おまえは誰の支援も受けられない。敵が何者にせよ、ウォーカーをたった一人で警護するのは不可能だ。

もしアンドリュー・ウォーカーの現在の潜伏先を知っているのなら、この電話を切った後、すぐに最寄りの警察署に通報するんだ。いいな」

「しかし主任……」

「この際、どんな経緯で彼の警護を引き受けることになったのかは一切関係ない」

首藤主任は安奈の言葉を途中でさえぎり、容赦のない冷ややかな声でぴしゃりと言った。

「状況が変わったんだ。ウォーカーは有効なパスポートすら持たない不法滞在者だ。警察及び入管は、ウォーカーを発見し次第、法律に則《のっと》って彼の身柄を拘束し、収容所へ移送、勾留しなければならない。もちろん、アメリカから要求があれば直ちに本国に送還されるだろう。……それが最善の選択肢だ」

安奈はきつく唇を噛みしめた。

SP時代、安奈は首藤主任の的確な状況判断には何度も驚かされた。

SPの任務では、〈先乗り部隊〉が警護対象の移動予定ルートを事前に、かつ完全に〝掃除〟

しておくのが決まりだ。だが、なにごとも予定通りに進むなどということはありえない。移動途中の予期せぬ妨害、突発的な事故、時には天候の変化によって、しばしばプランの変更が求められる。そんな時も、首藤主任は情報を集められるかぎり集めたうえで、ルート変更の有無から警備態勢の維持変更に至る、およそありとあらゆる情報を瞬時に判断し、現場のＳＰたちに冷静に指示を与えていたのだ。

――現場は生き物だ。多少の変更が生じるのはやむを得ない。

首藤主任はそのたびに何でもない顔でそう言ったが、安奈が見るかぎり、与えられた状況のなかで常に最善の選択肢を瞬時に選び取り、現場に的確な指示を与える彼の能力は他の指揮官の追随を許さないものがあった。

おそらく、首藤主任の判断は正しいのだろう。

今も。そして、あの時も。しかし――。

「状況に、不明な点が多すぎます」

安奈は口を開き、思いつくまま早口に続けた。

「第一に、ウォーカーが大統領親書に唾を吐いたのは去年の初め。なぜわざわざ先月まで待って起訴されたのでしょうか。第二に、関東龍神会傘下のチンピラ二人が、ウォーカー拉致を、少なくとも二度にわたって試みています。連中の目的がわかりません。金で雇われているという噂もあるそうですが、それならいったい誰が、何のために彼らを雇ったのでしょう。第三に……」

「よせ」

首藤主任が鋭く口を挟んだ。

「冬木。おまえはもう警察官でも、ましてやSPでもないんだ。これ以上、余計な詮索はするな。黙ってウォーカーから手を引け。あとは、入管と警察に任せるんだ」

「……約束したのです」

一瞬唇を嚙んだ安奈は、振り絞るように言った。

「どんなことがあっても決して見捨てない、と」

安奈の言葉に対して、今度は首藤主任が黙り込む番であった。

「どうするつもりだ?」首藤主任が尋ねた。

「来年、チェスの世界チャンピオン挑戦者決定戦が、ブラジルのリオで行われるそうです。ウォーカーはこの大会に特別招待選手として招かれています」

「彼のパスポートは失効している。日本から出国すること自体、不可能だ」

「それなのですが……」

と安奈は懸命に食い下がった。

「アメリカ大使館は、なぜ一年以上もたった今になってパスポートの失効を宣言したのか、やはり理由がわかりません。なにか裏の事情があるはずです。それに、関東龍神会傘下のチンピラ二人は誰に雇われているのか——本当の敵は何者なのか——この二点について、いま一度調べてもらえないでしょうか」

「あくまで手を引かない、と言うのだな?」

「はい。少なくとも、真相が判明するまでは」

「いいか、冬木」

首藤主任が一つ息を吐き、ざらりとした低い声で続けた。

「日本の警察及び入管職員には職務として不法滞在者――既に失効したパスポートを所持する外国籍の者を捜索し、かつ見つけ次第逮捕、拘束する義務がある。これ以上ウォーカーを匿う行為は、警察と入管を敵に回すことを意味する。そのことを、わかって言っているのか?」

安奈は、答えなかった。

だが、その沈黙が何を意味するのかは充分に伝わったはずだ。

「そうか。なら、勝手にしろ」

そっけなく言って電話を切ろうとする相手を、安奈が呼び止めた。

「〝警察官の仕事は、目の前の困っている人を絶対に見捨てないことだ〟」

「なんだと?」

「それが、亡くなった父の口癖でした」

「……だから、か?」

「はっ?」

「いや、なんでもない」

それきり首藤主任は黙り込み、受話器からは黒い沈黙が立ちのぼるだけだった。

が、少なくとも電話はまだ切られてはいない。

安奈は軽く息を吸い、深い井戸に小石をほうり込むようなつもりで、もう一度言葉を放った。

「約束したのです。どんなことがあっても決して見捨てない、と」

耳を澄ませる。

短い沈黙の後、小石が水面に届いた微かな気配。

首藤主任は、ふん、とひとつ鼻を鳴らして、電話を切った。

14

その日、都内何ヵ所かで入江の街頭演説が行われるスケジュールが組まれていた。

日本においてはまだ、ネットを使った政治活動には様々な制約がある。

皮肉なことに、政治家という人気商売を続けていくためには、入江自身がかつて〝絶滅危惧種〟とあげつらってきた古い形での政治活動——つまり、街頭演説といったものが不可欠なのだ。

入江には、事前に打ち合わせたルートから外れないようくれぐれも念を押して出発した。

通常、政治家が街頭で演説を行う場合、ＳＰの任務は大きく二つに分けられる。

一つは、言うまでもなく、演説中の政治家の周囲に目を光らせ、万が一不審な人物が危険な行動に出た場合、これを阻止する現場での警護任務だ。

だが、より重要な役割を果たすのは、〈先乗り班〉と呼ばれる者たちの〝清掃〟任務であった。

先乗り班は街頭演説が行われる現場を事前に訪れ、襲撃者が潜む、もしくは爆発物が仕掛けられる等の可能性がある場所を、一つずつ潰してまわる。限られた時間内で、かつ見逃しは許されない。経験と想像力、また集中力と根気を要する任務だ。殊に首藤主任は先乗り班の活動を重視し、部下に対して常に徹底的な〝清掃〟任務を要求した。

言うならばSPの任務は、実際には警護対象が現場に到着した時点ですでに半分以上が終了しているのである。

街頭演説を行う入江を警護すること自体は、SPに与えられた任務の範囲内だった。家に引きこもっていたのでは票にも金にもならない。それが政治家という仕事なのだから。

だが、問題が一つあった。

入江はその日、街頭演説後に「一般人に交じってしばらく秋葉原《アキバ》の電気街をぶらつきたい」と言い出したことだ。

入江は政治家になる以前からオタク文化通《つう》を気取っていた。実際、アニメやマンガ、ゲームに詳しく、当選後も愛読書を聞かれるたびにマンガやゲームソフトの名前を挙げた。彼が選挙時に掲げた公約の中には「マンガ、アニメ、ゲーム業界に対して、以前銀行に行ったものと同規模の公的資金投入を行う」という条項があったくらいだ。

だが、街頭演説だけならともかく、不特定多数の人間でごった返す秋葉原の電気街をぶらつくとなれば、いくら人数を投入しても充分な警護態勢を整えることは不可能だ。何とか諦めさせようと努力したものの、そのたびに入江は、

「いいから、ぼくの話を聞きなさいよ!」

と、お得意の決め台詞で相手の言葉を断ち切り、後は、

「きみたち税金から給料もらってる公務員なんでしょ? だったら、給料分仕事しなさいよ」

と理屈もなにもなく言い募ることで、最後には自分の要求を通してしまったのだ。


当日、秋葉原の電気街は、平日の昼間にもかかわらずたくさんの人々であふれ返っていた。

ゲームのキャラクターやアニメの登場人物を模倣したらしい奇抜なファッションに身を包んだ若者たち。他の街では決してお目にかかることのない、その〝奇妙な者たち《コスプレーヤーズ》〟にカメラを向ける外国からの観光客。メガネをかけ、リュック姿で、ゲームやアニメの話に興じる者たちは、一見ばらばらそうでありながら、なぜかよく似た印象を受ける……。

派手なサッカーシャツを着た入江が姿を現わすと、周囲から黄色い声があがり、たちまち握手を求める若者たちに取り囲まれた。

「イリエー!」

「ガンバレー!」

「コーテキシン、待ってまーす!」

そう言って握手をしていく若者たちの多くは、実際には事前に身元調査をしたうえで雇われたサクラだ。入江もその辺りの事情は知っているはずだが、意外にも御満悦な様子である。

一歩離れた場所からその様子を目で追いながらも、安奈は気が気ではなかった。

入江の要求で、ダークスーツを着た屈強な男たちが警護対象をぴったりと取り囲むという典型的な警護のやり方は変更せざるをえなかった。

「そんなことをすればカッコ悪いだろ」

入江は唇を尖らせてそう言ったが、実際には自分が若者の間で支持されていることをアピールしたいためであろう。

結果、警護にあたるSPたちもそれなりの服装を余儀なくされ、メンバーには〝カジュアルな服装〟をして不自然でない者たちが選ばれた。安奈もそのなかに含まれていたが、警護課の面子を考えればさして自慢になる話でもない。

入江は、サクラ、及びSPを含む大勢の取り巻きをひきつれたまま、大型電器量販店内に入り、店内を練り歩きはじめた。生き生きとした表情で新発売の電気製品を確認し、ディスプレイ画面に次々に映し出される刺激の強い映像に一喜一憂している——あるいはそのフリをしている。

それにしても、と安奈は顔をしかめずにはいられなかった。

大型電器量販店の店内は、SPにはとってはまさに〝鬼門《きもん》中の鬼門〟であった。

無秩序な、ひどい騒音で満ち溢れている。いや、たぶん一つ一つの音は元々は意味あるもの、あるいは美しいものとして作られ、アンプやスピーカーを通じて流されているのだろう。だが、それらの音が合わさり、大音響となり、四方八方を取り囲まれたこの状況では、やはり騒音としか感じることができなかった。問題は、これだけの騒音のなかでは耳につけた受令機のイヤホンを通じて声が聞こえず、本部からの指示はおろか、現場のSP同士の連絡さえままならないことだ。意思疎通はアイコンタクトに限られた。

店内はむろん、先乗り班が考え得るかぎり入念に〝清掃〟を済ませているが、こう人が多くては話にならなかった。最善の選択肢は、ただちにこの場を立ち去ることなのだが……。

安奈は内心うんざりしながら、斜め前方に立った入江の横顔に目を向けた。

入江は、店内特設会場で行われている新作ゲームソフトの発売イベントを食い入るように見ていて、しばらくはテコでもその場を動きそうにない。

小さく首を振り、騒音のなか、入江の周囲に目を走らせる。

ふと、人込みの後方に立つ若者の一人に意識を引き寄せられた。

ボア付きのフードを頭からすっぽりとかぶり、両手をカーキ色のコートのポケットに突っ込んだ細身の若者。新作ゲームソフトの発売イベントに目をむける周囲の者たちと、何ら変わったところはない……。

なぜその若者が気になるのか、自分でもわからなかった。

ゲームの新しいキャラクターが紹介されるたびに、店内にどっと歓声がわきあがる。その時、若者が人込みの間を器用に擦り抜けるようにして入江の背後に近づいた。

——警護対象に近づく者の手から絶対に目を離すな。

無秩序な騒音のなか、首藤主任のざらりとした低い声が耳の奥に甦った。

考えるより先に、体が動いた。

若者がコートのポケットから右手を引き出した瞬間、安奈は彼の手首を捉えた。

その手に大型のアーミーナイフが握られている。鞘はすでに払われ、危険な鋭い刃が剝き出しになっていた。

音が消えた視界の中、若者がスローモーションのようにゆっくりと安奈を振り返った。

フードの陰の、表情のない、のっぺりとした色白の顔。

次の瞬間、若者は指を開き、手にしたナイフを自分から捨てた。

床に落ちたナイフに、とっさに足を伸ばす。

踏み付けて、確保。

刹那、つかんでいた相手の手から意識が離れた。

若者が手首をひねるようにして安奈の手を振り払うと、そのままコートの内側に手を差し入れた。

――えっ……。

安奈は、一瞬、動きを止めた。

若者の能面のような顔に、ちらりと笑みのようなものが浮かんだ。が、すぐにハッとした顔になり、素早く左右に目をやると、踵を返して、たちまち人込みのなかに消えた。

「どうした？　何があった？」

背後から声をかけられて、我に返った。

振り返ると、異変に気づいた同僚のＳＰたちがすでに数名で入江を囲んでいた。彼らは強引に人込みをかき分けてきたらしく、周囲から一斉に冷たい視線を向けられている。

安奈は足下に確保したナイフを目で示し、何が起きたのかを簡潔に伝えた。

きょとんとした顔の入江の周囲を囲むようにして、無理やり店外に連れ出し、用意してあった車の中に押し込んだ。

すぐに車を発進させる。

「なんだよ、折角いいところだったのに！」

食ってかかる入江に、事情を説明した。

「ナイフを持った若者？」

入江はポカンとした顔で目をしばたたかせた。

「なんだよそれ。それじゃ何か。ぼくは危うくそいつに殺されるところだったって言うのか？そんなバカな話があるものか。夢でも見たんじゃないの？　第一……誰だよ、そいつ？　ぼくを殺そうとした若者ってのは、いったいどんな奴だったのさ」

「身長百七十五センチ。やせ形。年齢二十五歳前後。カーキ色のボアつきのフードコート。黒いシャツに黒いジーンズ。黒の革製のブーツを履いていました。おそらく過去に格闘技、および武器の使用訓練を受けたことがあります。……心当たりはありませんか？」

安奈が低い声で襲撃者の特徴を告げ、指紋をつけないようビニール袋に入れた証拠物件を見せた。

「心当たりって……」

リアルな犯人像を聞いて入江はたちまち真っ青になり、それから急に今度は顔を真っ赤にして怒鳴り出した。

「クソッ。知るもんか、そんな奴！　て言うか、待てよ。きみたち警察だろ？　なんでさっき、そいつを捕まえなかったんだ。そんなバカでかいナイフを持っていたんなら、銃刀法違反の現行犯じゃないか。そいつを逮捕すれば、それで済んだ話だ。なんでぼくの方がこんな風にこそこそ逃げ出さないといけないんだ？　だいたい、なんでさっきそいつを追いかけなかったんだよ！」

「ＳＰの任務目的は犯罪者の逮捕ではありません。あくまで警護対象の安全確保です」

同僚の一人が辛抱強く入江に説明した。

「われわれは襲撃者の追跡・逮捕より、安全を優先すべきだと判断しました。襲撃者は一人とはかぎりません。あの場はいったん撤収するのが最善の選択肢だったのです」

「そりゃ、まあ、そうかもしれないけど……」

入江が珍しくひるんだのを横目で見ながら、同僚は安奈に目配せを送ってよこした。

——余計なことは言うなよ。

そういう意味なのは、あらためて確認するまでもなかった。

あの時。

若者は自分からナイフを捨てたその手で、コートの下に隠し持った拳銃を握っていたのだ。

拳銃の存在に気づいたとき、安奈は一瞬判断を迷った。

恐れたわけではない。

警護任務中に拳銃を目にし、あるいは銃声を聞いた場合は、ただちに警護対象の前に身を投げ出すよう徹底的に訓練されている。

弾受け人《バレットキャッチャー》。

ＳＰがそう呼ばれるゆえんだ。

安奈は、拳銃を確認すると同時に、警護対象である入江の前に立ちはだかるべきだった。

だが、あの人込みのなかで拳銃を使われたら、どんな被害が出るかわかったものではない。イベントを見ている者たちのなかには、父親に手を引かれた幼い子供や、赤ん坊を胸に抱いた母親の姿もあった。安奈は入江一人の身を守るべきか、その前に拳銃を持った若者を取り押さえるべきかを迷い、結局その場を動けなかったのだ。

幸い襲撃者が他のＳＰが近づく気配を察し、銃を使う前に自分から姿を消してくれたから良かったようなものの、あのままでは入江の身を守ることは決してできなかっただろう……。

安奈は唇を噛んだ。

ＳＰ失格。

頭に浮かんだその言葉を振り払うように、入江にむき直った。

「約束します。今後どんなことがあっても、あなたの身の安全はわたしたちＳＰが守り抜きます」

怪訝な顔で目をむけた入江に、安奈はきっぱりとそう言った。

入江を乗せた車は、そのまま御茶の水にある総合病院に直行した。

ＳＰによる警護任務では、警護に万全を尽くすのはもちろんだが、同時に万が一の事態にそなえて常に現場に近い救急病院を頭に叩き込んでおくことが要求される。

一見して外傷は見当たらなくとも、襲撃事件が起きた以上、念のため病院で詳しく調べてもらう必要があった。

検査の結果は〝異常なし〟。襲撃者は入江に指一本触れてはいなかった。

安奈たちはひとまずほっと胸を撫《な》で下ろした。

入江は、第一秘書の上谷の提案で、そのまま入院することになった。

「今回の件についてマスコミにどう発表するか、まず党本部の指示を仰ぎます。それまでは面会謝絶ということでお願いします。いいですね？」

上谷の指示に、入江はひどく青ざめた顔のまま無言で頷いた。

秋葉原での騒ぎはすでにネット上に情報が流れていた。なかには、やじ馬が撮ったらしい粗い画像が添付されているものまであった。

たくさんの取り巻きを引き連れて電器店を練り歩く入江の姿。背後で何か騒ぎが起き、次の瞬間、入江は屈強な男たちに周囲を守られながら足早に店内から姿を消す――。

襲撃者の姿は特定できないものの、何が起きたのかは誰の目にも明らかだ。

マスコミが押し寄せてくるのは時間の問題だった。

記者連中を遠ざけるために病院に籠もるのは、政治家がよくやる手だ。

安奈たちＳＰには引き続き入江の警護任務が託された。もっとも、入院棟最上階の個室、面会謝絶の札を掲げた入江の身を狙う者が、病室にまで現れるとは考えづらい。

ここではむしろ、記者対策——何とか入江に取材しようとするマスコミの連中を近づかせないようにするのが主な任務となる。

党本部からの指示はなかなか届かなかった。

待つ時間が長くなるにしたがって、面会謝絶の札を掲げた入江の精神状態がおかしくなりはじめた。ひどく苛々として、落ち着きがない——だけならいつものことだが、

「いいから、ぼくの話を聞きなさいよ！」

と突然わけもなくヒステリックに叫ぶかと思えば、病室の備品を壁に投げつけ、一時間以上もシーツを頭からかぶって、呼びかけても一言も返事をしないこともある。

医師の診断は〝ショック性の精神衰弱〟。

わざわざ医者の説明など聞くまでもあるまい。

——誰かが自分を殺そうとした。

その事実は、何人にとってもショックだ。そして、ショックが強ければ強いほど、影響は遅れてやってくる。最初の興奮が収まったあとで、恐怖がじわじわと背筋を這い上がってくるのである。

おそらく入江は今、目を閉じるたびに暗闇の中から自分を殺そうとするナイフを持った何者かの手が伸びてくるのを感じているに違いない。

命を狙われた者に、まともな精神状態で過ごせという方が無理な相談なのだ。

翌日の新聞トップを飾ったのは、秋葉原で入江が何者かに襲われたといった不確かな事件ではなく、入江の政治事務所経費に年間一千万円以上の使途不明金があることを指摘するものだった。

マスコミ及び、ネット上で激しい入江バッシングが湧き上がるまでに時間はかからなかった。それまで入江の〝新しさ〟を持て囃《はや》していたマスコミはじめ世間の人々は、てのひらを返したように、一転して〝社会常識を顧みない非常識な人物〟として叩き始めたのだ。

それを境に、何人かいる入江の政治秘書たちはみな事務所に行ったきり、病院に顔を出さなくなった。呼び付けられても、顔を伏せたまま最低限の返事だけして、すぐに帰って行く。彼ら以外に入江の見舞いに病院を訪れる者は誰もいなかった。

必然的に入江の愚痴、不満、ヒステリー的八つ当たり、その他諸々は、身近なSPたちに向けられることになった。入江のストレスは日を追うごとに増大し、それにつれて、死と隣り合わせの危険な任務を経験してきたSPたちにとっても、入江の相手は別の意味でやっかいな、強いストレスを感じさせる任務となった。

「やれやれ。〝今後どんなことがあっても、あなたの身の安全はわたしたちSPが守り抜きます〟か……。とんでもない奴と、とんでもないことを約束してくれたものだぜ」

聞こえよがしに呟かれる同僚の皮肉な囁きを、安奈は聞こえないふりで通した。

――強いストレスを感じる者は、精神のバランスを図るために、しばしば身近にいる弱者に自分が感じているストレスを押し付けようとする。

SPの訓練期間中、心理学の講義でそう教えられた。

同僚たちも無論それをわかっている。わかっていてストレスを押しつけてきている――。

だとすれば、なおさら弱音を吐くわけにはいかなかった。

SPである以上、自分が〝弱者〟であると認めるわけにはいかないのだ。

安奈は与えられた任務を、黙々と、毅然とした態度でこなし続けた。なぜならそれがSPの仕事だから。「この仕事に誇りをもってやっています」。きっぱりとそう言い切ったのは、まだつい先日のことだ。

ベテランSPの中には、そんな安奈の仕事ぶりを認めて、交替の際、こっそり片目をつむってみせる者もあった。

だが、秋葉原の電気街で入江が襲撃された五日後――。

突然、状況が変わった。

予告もなく病院に現れた首藤主任が、部下を廊下に集め、撤収を命じたのだ。

撤収？

安奈は最初、首藤主任の命令の意図がわからず、ぽかんとなった。

「いったい……どういうことです？」

そう尋ねた安奈を振り返り、首藤主任は表情のない、低い声で答えた。

「本日、与党の党紀委員会が入江議員の党員資格停止半年間の処分を下した。事務所経費の使途不明金疑惑に関しての決定だ」

あっ、と安奈は思わず声を上げげそうになった。

今回の入江警護の任務は党本部から要請されたものだ。党員資格を停止されたならば、その時点で党の要請は無効となり、入江はＳＰの警護対象から外れる。しかし——。

「今後の入江議員の警護については、一般の警備活動として所轄から二名、地域課の巡査が派遣される。……以上だ」

首藤主任はそう言い渡すと、すぐに踵を返した。

安奈はとっさに首藤主任の前にまわり込んだ。

「待って下さい主任。所轄の巡査二名？　冗談ですよね？　それじゃ、入江の警護はとても無理です！」

行く手を遮り、小声で、早口に続けた。

「主任にはわかっているはずです。先日の秋葉原でのあの事件。入江は何も偶然通り魔に狙われたわけじゃありません。あの襲撃者は最初にナイフを使おうとして、邪魔されたとわかった瞬間、ちゅうちょなくナイフを捨てた——自分から武器を捨てることで、わたしの意識を床のナイフに向けさせて隙を作ったんです。はじめて人を殺そうとする者があんなに冷静でいられるはずはない。単なる通り魔にあんなことができるはずがありません。おそらくあいつはその道のプロです。それに……」

と安奈は一瞬言いよどみ、だが、首藤主任の表情がさっきから少しも変わらないことに苛立ち、ぶちまけるように言った。

「あいつは拳銃まで持っていたんです。ちらりと見ただけですが、モデルガンには見えませんでした。本物——おそらく純正トカレフのTT-33モデル。いくらネットで何でも買える時代とはいえ、誰にでも手に入れられる代物じゃありません。誰かが、あの男に銃を渡したんです。本気で入江に死んでもらいたいと思っている何者かが。それがわかっていながら……」

首藤主任の視線が、安奈の背後に流れた。

はっとして振り返ると、入江が薄く開けたドアのかげから顔を覗かせていた。

「……冗談だろう?」

入江は引きつった顔で左右を見回して言った。

「撤収って……。ハハ、だって、ぼくはいま、誰かに命を狙われているんだぜ。それなのに撤収だなんて……。冗談もほどほどにしてくれよ」

「残念ですが、党から出されていた警護要請が無効になりました」

首藤主任は入江に顔を向けて言った。

「今後は、われわれの代わりに所轄の巡査が警護にあたります。もちろん彼らには、これまでの状況を充分に引き継ぎをして……」

「いいから、ぼくの話を聞きなさいよ!」

入江が相手の言葉を遮り、顔を真っ赤にしてヒステリックに叫んだ。

「党からの警護要請が無効になった? なんだよそれ? そんなの関係ないだろ。だって、あんたら警官だろ？　税金から給料もらってるんだろ。警察は国民の命を守るのが仕事じゃないか。ぼくはバカ高い税金を何年も払ってきたんだ。だから、あんたたち、ぼくの命を守りなさいよ。給料分働きなさいよ！」

「われわれは税金から給料をもらっている公務員です」

首藤主任が静かに言った。

「だからこそ、規則には従わなければならないのです」

「わかった！　じゃあ、いくら欲しい？　言えよ、いくらだよ。言っとくが、個人的《プライベート》な収入だ。領収書もいらない。いくらでも払う。だから、どうかぼくを守って……」

首藤主任がゆっくりと左右に首を振るのを目にして、入江の言葉が途中で途切れた。

虚ろに泳いだ視線が、ふと、安奈の上に止まった。

「そうだ、きみ！」

一歩踏みだし、すがりつくように安奈の腕をつかんだ。

「きみ、この前ぼくに約束したよな？　〝あなたの身の安全はわたしたちが守ります〟って。あの約束、守ってよ。頼むよ、ぼくにはもう、きみしか頼れる相手がいないんだ。……どうか、ぼくを見捨てないで！」

必死の形相で詰め寄る入江に対して、安奈は血の気の失せた白い顔で一言も返すことができなかった。

横から伸びてきた手が、入江の指を引きはがした。

「……失礼します」

首藤主任は入江に直接目を向けることなく低くそう言うと、呆然とする安奈を促し、背を向けて歩き出した。他のSPたちがその後に続く。

背後に、叫び声が聞こえた。

「止まれ！　戻ってこい！　いいから、ぼくの話を聞きなさいよ！　バカ！　止まれって言ってるだろう……」

エレベーターのドアが開き、乗り込もうとした刹那、入江が最後に叫んだ。

「お願いだ！　だって……約束したじゃないか。ぼくを見捨てないで！」

安奈の肩がびくりと震え、足が止まった。その気配を察して、首藤主任が振り返らずに鋭く命じた。

「行くぞ」

安奈はきつく目を閉じたまま足を踏みだし、仲間とともにエレベーターに乗り込んだ。

ドアが閉まり、声が聞こえなくなった。

15

案内板によると、蒲田リバーホテルにレストランは併設されていなかった。

安奈は唇の端を軽く歪め、だが、すぐに身を翻《ひるがえ》してホテルを出た。左右を見回し、最初に目についた終夜営業の喫茶店に入った。

時間を確認し、始まったばかりのモーニングセットを注文する。

食べられる時にきちんと食べておくのは、SPたちにとっては言わば義務だ。任務が始まれば、次にいつきちんと食べられるかわかったものではない。不測の事態が起きた後で「すみません。あの時はちょっと腹が減っていて、とっさに動けなかったもので……」などといった言い訳が通用する世界ではないのだ。

簡単なサラダとトーストを、濃いコーヒーと一緒に胃の中に流し込む。

カフェインのおかげで、萎えそうになっていた気持ちがいくらかしゃんとなった。

もう一杯コーヒーのお代わりをしたいところだが、我慢して席を立ち、勘定を済まして店を出た。

——トイレが近くなるので水分は極力控えなければならない。

それもまた、SP時代にたたき込まれた鉄則の一つだ。

それに、いくら尾行には気をつけていたとはいえ、敵の正体が見えない以上、警護対象《ウォーカー》から長く目を離すのは危険すぎる。

足早にホテルに戻り、エレベーターを待って七階に上がった。

この時間になると、さすがに宿泊客がホテルの中を動きはじめている。ほとんどがスーツ姿の男たちで、若い女性は珍しい。エレベーターや廊下で物珍しげな、あるいは信じ難いことに朝から好色そうな視線を向けてくる者もいたが、彼らはみな安奈の突き刺すような一瞥を浴びて、慌てて目を逸らすはめになった。

安奈は二人を残してきた部屋の前で足を止め、ノックをしようとして、ふとその動きを止めた。

部屋の中から話し声が聞こえていた。

テレビの音声ではない、誰か生身の人間がしゃべっている。

話の内容まではわからないが、声の調子からして話し手は蓮花でもウォーカーでもないことは明らかだった。

部屋の番号をもう一度確認する。

７０３。

間違いない。

安奈は拳を丸め、立て続けに強くドアを叩いた。

「蓮花！　大丈夫？　わたしよ、ドアを開けて！」

隣の部屋のドアが開き、スーツ姿の中年男が顔を出したが、安奈のただならぬ気配にぎょっとした様子で、慌ててまた元の部屋に引っ込んでしまった。

「くそっ、このドアを開けなさい！」

蹴飛ばすスペースを取るために一歩下がった。

足を振り上げたその時、鍵が外れる音がして、内側からドアが開いた。

ドアの隙間から、蓮花の困惑したような顔が覗いた。

「よかった。無事なのね？　ウォーカーは？　なかに誰がいるの？」

矢継ぎ早に訊ねる安奈に向かって、蓮花は自分の人差し指を唇に当ててみせた。

「なに？　どうしたの？」

蓮花を押しのけるようにして足を踏み出したところ、タイミングよく腕を引かれて、危うく前につんのめりそうになった。

そのまま蓮花の脇をすり抜けて部屋に入る。背後でドアが閉まった。

狭い部屋の中、目の前に二人の男がいた。

一人はウォーカー。奥のベッドの上にあぐらをかいて座り、憮然とした顔を安奈に向けている。

そして、もう一人の男は——。

安奈は首を傾げた。

ウォーカーが座るベッドの脇に置いた椅子から半ば腰を浮かし、怯えたような表情を浮かべてその場に凍りついている小男は、どう見てもウォーカーを狙う〝敵〟とは思えなかった。

地味な目鼻立ちをした、ヘチマのような顔。日本人、で間違いないだろう。身長は百六十センチ弱。年齢は五十代後半から六十代前半といったところか。薄くなった髪の毛を右から左にきれいになでつけ、白いシャツの上に薄手の作業着風のジャンパー、細身のスラックス、履いているのは安物の白のスニーカーだ。

とっさに男の特徴を頭に刻みこんでいると、背後から蓮花が歩み出て紹介してくれた。

「こちらはジュンさん。日本チェスクラブの事務局長さんです。……こちらは安奈さん。昨日からアンディの警護を引き受けてもらっています」

後半の言葉は見知らぬ男に向けられたものだ。それでいくらか安心したらしく、彼は傍らに置いたバッグを探り、名刺を取り出して安奈に差し出した。

「はじめまして。私はこういうものです」

「日本チェスクラブ事務局長、古賀純一《こがじゅんいち》……」

安奈は、渡された名刺と相手の男の顔を交互に眺めて呟いた。

名刺の右肩には、なるほど、チェスの駒を図案化した一筆書き様のデザインが配されている。

「ジュンさんは、長年日本チェスクラブの事務局長さんをやっていらっしゃいます。たしか、もう十年くらい？」

「十五年になります」

古賀は照れたように頭を掻いて言った。

「といっても、他に誰もやりたい人がいないもので、私がずっとお引き受けしているだけですがね。いや、まったくお恥ずかしい次第です」

そう言って首をすくめた古賀は、どうやら根っからの好人物らしい。問題は——。

「古賀さん。なぜ、あなたはここにいるのです？」

安奈はまっすぐに相手の目を見て尋ねた。

「なぜって……そりゃまた、どういう意味です？」

古賀はきょとんとした顔で小さな目をしばたいた。

「ミスター・ウォーカーがこのホテルに滞在していることは、誰も知らないはずです」

安奈は一語一語区切るように言った。

「それなのに、あなたは、この場所を、いったいどうやって知ったのです？　しかも、こんな早い時間に……」

「わたしがお呼びしたのですわ」蓮花が背後で答えた。

「呼んだ？　あなたが？」

安奈は振り返り、目を細めて蓮花を見た。

「どういうこと？」

「これを取りに来てもらったのです」

そう言って、蓮花は足下に置いた紙袋から革張りのチェス盤を引き出した。

盤上にはゲーム途中の駒の配置――「私のゲーム」――ウォーカーは一目見てそう言った。それから〝WORLD CHESS CHAMPION ANDY WALKER〟のサイン。

蓮花のマンションについてすぐ、ウォーカーがサインした代物だ。荷物が多いと思ったら、こんなものまで持ってきていたらしい。

「部屋が狭いので、荷物をできるだけ減らしたほうがいいと思って……。だからジュンさんにメールで連絡して、取りに来てもらったんです」

「日本チェスクラブの事務局は、すぐこの近くにあるんです」

古賀が険悪な雰囲気をとりなすように、恐る恐る脇から口を挟んだ。

「私は、ほら、この歳ですから、いつも朝は早い方でしてね。連絡をもらったんで、すぐにいただきにあがったんですが……まずかったですかね？」

安奈は、いっそう目を細く引き絞り、蓮花から視線を逸らさずに言った。

「〝わたしが戻ってくるまでは、誰が来ても絶対にドアを開けないで〟、そう言ったはずよ。なぜドアを開けたの？」

「ごめんなさい」

蓮花は叱られた子供のように軽く首をすくめ、上目づかいに言った。

「でも、安奈さんに言われたとおり、ドアを開ける前にちゃんとドアスコープで顔を確認しました。ジュンさんのことは前からよく知っています。だから……」

「〝たいていの人は、知っている相手に殺される〟」

安奈は英語に切り替え、低い声で言った。

「えっ？」

「統計によれば、殺人事件のほとんどは〝顔見知り〟による犯行。被害者の多くは家族や友人、恋人、仕事のパートナーといった知り合いに殺されている。むしろ、知らない人——通り魔や留守宅で鉢合わせした居直り強盗——に殺される確率は極めて低い」

「でも……」

蓮花は形の良い眉を寄せ、安奈の体ごしに古賀を盗み見た。

古賀は、途中から会話を英語に切り替えたせいで何を言っているのか分からなかったらしく、相変わらずにこにこと人の好い笑みを浮かべている。

困惑した蓮花の視線を受けて、安奈は無言で首を振ってみせた。

蓮花の思い込みは、警護任務の際、SPを振りまわすことになるよくある誤解なのだ。

警護を受ける人物は、しばしば自分が安全であることを〝知り合い〟に知らせようとする。例えば、家族に。あるいは、恋人や友人、仕事仲間に。

もちろんSPに知られれば、まず間違いなく制止される。そこで彼らはSPの目を盗み、こっそりと知り合いに連絡する。「自分は無事だから安心して」と。万が一、SPにバレたときも、彼らは「自分が連絡したのは絶対に信用できる相手だ。君たちに迷惑はかけない」と平気な顔で開き直るだけだ。だが——。

千丈の堤も蟻の一穴から崩れる。

警護対象が〝絶対信用できる相手〟に漏らした情報は、さまざまなルートを経て警護態勢の裏をかくためにしばしば利用されてきた。これまでも、おそらくは、これからも。いくらSPが完全な警護態勢を敷いたとしても、警護対象が自ら呼び寄せる危険に対しては手の打ちようがない。

安奈にしても、まさか古賀がウォーカーを付け狙う張本人だと思ってはいなかった。だが、彼に連絡したことで、その後情報がどう漏れ、どう伝わるのかは——蝶の羽ばたきが巨大モンスーンを引き起こすといった論理同様——もはや安奈の手を離れた問題だった。

安奈は古賀に向き直った。言いたいことは、目付きだけで伝わったようだ。

「あ、すみません。それじゃ、私はこれで……。サインをいただき、どうもありがとうございました」

古賀は何度も頭を下げながら、腰をかがめるようにして部屋を横切り、安奈が開けたドアを抜けて部屋を出ていった。

念のため、安奈は古賀と一緒に廊下に出て、彼がエレベーターに乗り込むのを確認してから、部屋に戻った。

「すぐに準備をして。三分で出るわよ」

「また？」

二人がうんざりしたような顔を向けた。

「やれやれ。今度はどこに拉致されるんだ？」

「どうせなら、もう少しましなホテルにしましょうよ」

安奈は二人の声を無視して、懸命に頭を巡らせた。

どこが良い？　いや、行き先はこの際二の次だ。それより、一刻も早くこの場所を撤収することの方が重要だ。あと、やるべきことは――。

五分後。

二人をなんとかタクシーに押し込んだ安奈は、助手席に座ると、運転手に当面の行き先を告げた。

前回同様、途中で何度かタクシーを乗り換え、最終的に、JR品川駅近くにある老舗のビジネスホテル「品川ウエスト」に部屋を取った。このホテルなら、時間に関係なくチェックインできることを知っていたからだ。

言うまでもなく、偽名、現金払い。

フロントで部屋番号が刻まれたプラスティック製バー付きの鍵を受け取り、部屋に向かった。型どおりに室内を点検してから、廊下に待たせておいた蓮花とウォーカーをようやく部屋に招き入れた。

二人とも部屋に入るとすぐに、疲れ切った様子でベッドに腰を下ろした。今度は部屋の狭さ、その他もろもろについての文句は出なかったが、顔付きから判断するかぎり、単に意見を述べる元気が残っていないだけのようだ。

安奈は、さすがにうんざりした様子の蓮花に歩み寄ると、腰をかがめ、顔を寄せて、小声で尋ねた。

「古賀さんについて、情報を教えて」

蓮花が顔を上げ、ぽかんとしたように口を開けた。

「彼の住所と電話番号。携帯を持っているようなら、そっちの番号も」

「いいですけど……。でも、どうするんです？」

「ちょっと気になることがある。彼に会って確認してくるわ」

「今から、ですか」

蓮花は首をすくめた。

「それって、電話かメールじゃダメなんですよね？」

「大丈夫よ。わたし一人で行くから。あなたたちはホテルで休んでいて」

「わかりました」

蓮花はほっとした顔になった。

古賀の住所と電話番号が記されたメモをポケットにしまい、部屋を出て行く前にもう一度念を押した。

「いいわね。わたしが戻ってくるまでは絶対に部屋のドアを開けちゃだめよ。今度はたとえ昔からの知り合いでも。ホテルの人間が来ても。いいわね」

蓮花は無言で頷いた。

「外に行くのなら、ついでに買い物を頼むよ」

振り返ると、ウォーカーが顎ひげを引っ張りながら、安奈に顔を向けていた。

「何が必要？」

安奈がぶっきらぼうに尋ねた。二人の朝食は途中のコンビニで調達済みだ。

「ポストカード。ほら、最初から切手がついているやつがあるだろう。あれが欲しい」

ウォーカーは、安奈の不機嫌な様子には少しも気づかぬように、平然とした顔でぬけぬけと言ってのけた。

郵便《ポストカード》はがきだと？

安奈は、相手にはっきり伝わるよう、思い切り顔をしかめて見せた。

これだけ苦労して敵の目をごまかしているというのに、またぞろ誰かに居場所を記した葉書など送られたのではたまったものではない。

「何に使うの？」

「郵便《ポスタル》チェス」

「郵便チェス？　なに？」

聞き返したが、ウォーカーは顎ひげをつまみながらニヤニヤと笑うばかりだ。まるで馬鹿にはこれ以上話す必要がないといわんばかりの顔つきに、思わず頭に血が上った。

「アンディはたぶん、いま誰かと郵便チェスの対局中なのだと思います」

蓮花が気配を察して、慌てたように口を挟んだ。

「〝郵便チェス〟というのはチェスの対局方法の一つで、お互いの指し手を順番に一手ずつ葉書に書いて送るのです。郵便チェスには独自の記譜法と順位付け《レイティング》があって、世界選手権も行われているくらいメジャーなものなのですが……ご存じありませんか？」

安奈は無言で首を振った。

ご存じもなにも、はっきりと断言できるが「郵便チェス」などという言葉は生まれて初めて聞いた。世の中にはさまざまな種類の〝メジャー〟があるものだ。

が、今はそれ以上考えても仕方がない。

郵便ならば、こちらの住所を書かず、離れたポストから投函すればまず大丈夫だろう。

「郵便葉書は何枚必要なの？」

安奈の質問にウォーカーはちょっと首を傾げ、それから片手を頭の上に差し上げた。

ギブ・ミー・ファイブ。

ハイタッチを求めているのでなければ、たぶん五枚という意味だ。

了解の印に、安奈は一つ頷いてみせた。

「ほかには？」

「そうだな。できれば、銃が欲しい」

ウォーカーは相変わらず顎ひげをつまみながら、物騒なことを言った。

「銃があれば、こんなふうにこそこそ逃げまわらなくても済む」

安奈は唇を閉じ、まっすぐにウォーカーを見据えた。

驚いたことに、安奈の突き刺すような一瞥をまともに受けても、ウォーカーは平気な様子で目を逸らさなかった。

安奈もまた視線を逸らさぬまま、だが、先に口を開いた。

「銃を使ったことは？」

「引き金を引けば弾が飛び出る。そうだろう？」

——経験はない、ということだ。

「それなら、銃なんか持っていない方が安全よ」

安奈は目を細めて言った。

「身を守るための道具としては、銃は万能じゃない。銃を持つことで、実際にはむしろリスクが増すことの方が多い。例えば……」

言いかけて、安奈は途中で言葉を飲み込んだ。

例えば、昨夜蓮花のマンションを襲った二人組がそうだ。

二人の男のうち、少なくとも片方は、間違いなく拳銃を持っていた。おそらくあの二人にしても拳銃などめったに持ち歩くものではないのだろう。ところが今回、何者かが彼らに銃を渡した。そして、ウォーカーを拉致してくるよう依頼したのだ。ふだん持ちつけない銃があるからこそ、彼らの側に油断があった。銃を突きつければ何とでもなる、そう思ったに違いない。だから彼らは、人通りの絶えた深夜のマンション前で漫然と待っていた。お陰で警察を呼ばれるというヘマをしでかしたのだ。

もし彼らがナイフしか持っていなければ、昨夜の襲撃は成功していた可能性が高い。

「例えば？　なに？」

ウォーカーが面白がるように、安奈の口調をまねて言った。

「何でもない」

と安奈は首を振り、

「それより、さっきわたしが言ったことを忘れないで。ほとんどの人は顔見知りに殺されている。わたしが戻るまでは、たとえどんな知り合いが訪ねてきたとしても、今度は絶対に部屋のド

ア を開けないで。いいわね」

ウォーカーは相変わらずにやにやとした笑みを浮かべ、顎ひげをひっぱりながら、ひょいと肩をすくめてみせた。

それから、急に何を思ったのかベッドから立ち上がり、部屋を出て行く安奈を見送るようにドアのところまで歩いて来た。

「そうそう。忘れてた」

安奈を廊下に送り出してから、ウォーカーがとぼけた声で言った。

振り返ると、薄く開いたドアの隙間からウォーカーの顔が半分ほど覗いている。

「たしかインドのガンジー首相は、ボディーガードに殺されたんじゃなかったっけ？」

安奈が何か言う前に、ガチャリと音がしてドアが閉まった。

16

入江がその後どうなったかを、安奈は新聞記事で知った。

〝昨夜未明、沖縄市内のホテルから客室内の浴室で男性宿泊客が倒れているとの通報があり、男性は救急車で病院に運ばれたが、搬送先の病院で死亡が確認された。

その後の調べで、この男性は衆議院議員入江康憲氏（38）であることが判明した。

入江議員は入院先の都内の病院から無断で外出し、行方が分からなくなっていた。沖縄県警は現在、事故と自殺の両方の可能性を視野に捜査を進めている……〟

記事が載ったのは、安奈たちが病院を引き上げてわずか三日後のことだ。

現職の国会議員が亡くなったにしては、各紙とも文字サイズだけは大きいものの、一様に取り扱いに困惑したような、歯切れの悪い記事だった。

死因は最初「心臓麻痺」と発表されたが、翌日には「自殺」と訂正された。

警察による調査結果が発表されると、一転してテレビのワイドショーがこの事件をこぞって仰々しく取り上げた。

不思議なことに、どのチャンネルも番組内容は判で捺したように同じだった。

画面に居並ぶコメンテーターたちが口をそろえて「今回の警察の調査結果は妥当だ」と発言し、入江が最近いかに精神的に追い詰められていたかを複数の関係者の証言を交えて検証するものばかりだ。

秋葉原での騒ぎも〝暗殺未遂事件〟として取り上げられた。

この事件で動揺した入江は、事務所の使途不明金疑惑が発覚したことも相俟《あいま》って、逃亡生活の果てに自殺した——というのが彼らの推理であった。

調査結果が発表されたタイミングを考えれば、彼らの結論はいささか早急にすぎる気がしなくもなかったが、それでどこからも——少なくとも表向きは——苦情は出なかった。

検視解剖は行われず、死亡が確認された二日後には早くも現地で荼毘《だび》に付された。

国会議員が死亡した場合、党と遺族、さらには後援会との相談で葬儀をする事情から、少なくとも数日間そのままの状態で置かれることが多い中、異例の処置である。

結局、入江がいったいどうやって、また何のために、誰の手引きで沖縄に渡り、しかもわざわざ偽名でホテルに宿泊していたのか、さまざまな憶測が流れたが、真相は藪の中だった。

*

最初に疑念が浮かんだのは、テレビの画面の端に見慣れた男の顔が映るのを見た時だった。入江の公設第一秘書、上谷静。党から派遣されていたお目付役だ。鞣革のような肌をした無表情なあの男が、党の大物政治家と握手をしながら一瞬にやりと笑うのが偶然テレビ画面に映った。その瞬間、安奈ははっと胸をつかれたような気がした。

——自分はこの男たちに利用されたのではないか……。

秋葉原での入江襲撃事件を、安奈はとっさの反応できわどく阻止できたのだと思った。だが、あの襲撃事件は、むしろきわどいところで阻止されることこそが目的だったのだとしたら？

事件の結果入江は精神的に追い込まれ、党紀委員会が開かれている間も病院に押し込められることになった。

本当はそれが目的だったのではないか？

入江を怯えさせるために最も有効な手段は、警護のSPに本気の襲撃だったと思わせることだ。敵は、そのために大型のナイフをわざとSPに回収させ、純正トカレフまでちらつかせた。SPの緊張が警護対象である入江に伝わらなかったはずがない。もしそうだとしたら……？

だが、何のために？

入江に妙なことをしゃべらせないために、だ。

テレビのバラエティー番組に出た際、入江は、

「色々と知っているけど、党のお偉いさんたちからこれ以上話すなと言われているんでね」

と、にやにやと笑いながらそんなことを言っていた。

あの言葉は、入江当人が思っている以上に真実だったのかもしれない。

入江に〝他所《よそ》で話されては困る事実〟を知られた人物がいた。入江は、自分でもそれと気づかないうちに、虎の尾を踏んでしまった。だから殺された……。

すべては安奈の想像だ。証拠は何もない。

だが、もしこの想像が当たっているとしたら、警護対象の命を守るSPが、同じ者の命を奪うために利用されたことになる――。

自分が何をしているのか分からなくなった。

――この仕事に誇りをもっています。

そんなことを言った自分が、まるで他人のように感じられた。

一度そう思ってしまうと、SPの仕事を続けていくことはもはや不可能だった。

入江の死が自殺と断定された翌日、安奈はＳＰを辞め、警察を去った。

——ぼくを見捨てないで！

最後の叫び声が、いつまでも耳から離れなかった。

夜中に何度も、びっしょりと冷たい汗をかいて飛び起きた。

その後、大物政治家のゼネコンからの裏献金疑惑はうやむやのうちに幕が引かれたようだが、詳しいことは知りたくもなかった。

17

八歳の誕生日を迎えた頃には、アンディはすでに地元で〝敵なし〟だった。

同年代の、チェスを覚えたての子供たち相手の話だけではない、地元でアマチュア強豪と呼ばれる大人たちでさえ、アンディにはほとんど歯が立たなくなっていたのである。

はじめてチェスの駒に触れてから、わずか三年。驚くべき進歩といっていい。

この頃には師匠《トレーナー》のキングズレー牧師でさえ、アンディ相手にしばしば長考を強いられるようになっていた。

一方アンディは、対戦相手が眉間にしわを寄せ、難しい顔で考えこんでいる間、およそじっと席に座っていることができなかった。

自分の手を指すと、席を立って、例えば休憩室に置いてあるお菓子を食べに行き、チェス雑誌を広げてそこに載っているプロブレムを眺めたり、あるいはお菓子の袋を持ったままクラブ内を歩きまわり、他の大人の競技者《プレーヤー》が対戦しているチェス盤を脇から覗きこんでは露骨にいやな顔をされた。

やがて、対戦相手が呼ぶ声が聞こえる。

「アンディー！　きみの番だ！」

アンディはお菓子の袋を持ったまま、指しかけのチェス盤の前に小走りに駆け戻る。そして、盤面の変化をちらりと眺めると、すぐに小さな手で自分の駒を動かし（その指には、しばしばお菓子のかすがついていた）、たちまちまたどこかに駆け去ってしまうのだ。

それで、ほとんど負けることがなかった。

時折、退屈しのぎにわざとまったくの無駄手を続けて指し、うっかり引き分け《ドロー》に持ち込まれることもあったが、これはキングズレー牧師に見つかると、こっぴどく叱られた。

「だめだ、アンディ。そんなことをしてたんじゃ、チャンピオンには到底なれっこないぞ！」

そのたびにアンディはぷっとほっぺたをふくらませ、上目づかいに恨めしげな視線を師匠に向けた。

アンディは次第にチェスクラブに顔を出さなくなった。

わざわざクラブに行く必要がなくなっていたのだ。

クラブに行って弱い相手と先の分かり切った対局をして、しかも師匠に叱られるくらいなら、家で過去の名人《マスター》たちが残した棋譜を読み、頭の中で名人同士の火花の散るような対戦を再現している方がよっぽどわくわくする――。

もはやチェス盤は必要ではなかった。

アンディは、家の粗末なソファーに寝転がりながら、過去のチェス名人たちが残した棋譜をむさぼり読んだ。

アンディはチェス盤の升目を示すアルファベットと数字の組みあわせ(知らない人には暗号にしか見えないだろう)を眺めながら、まるで波瀾万丈に満ちあふれた長編冒険小説を読んでいるように感嘆の声をあげ、あるいは唸り、時にはくすくすと笑い声をたてた。

頬を上気させながら、ひどく興奮したように本のページをめくるアンディを見て、母親と姉は顔を見合わせ、苦笑するばかりであった。

彼女たちには幼いアンディ――世間的には〝まだ八歳〟だ――が、その目に何を見ているのか、さっぱり理解できなかった。もしアンディが、キングズレー牧師に連れられてチェスの競技会に出かけて行くたびに優勝トロフィーを持ち帰ってくる、そのたびに地元の新聞がおおげさに書き立てる、といった事実がなければ、二人は無理にでもアンディからチェスを取り上げ、あるいは病院に連れて行くことを検討したに違いない。

アンディは過去の名人たちが残した棋譜を読むことで、彼らが考案した精緻な、あるいは大胆極まる、攻防の妙手や奇策、詭計《トリック》が見えるようになった。名人たちがいかにして先の手を読み、コンビネーションを考え、反撃を行うのか――。

〝彼ら〟の頭のなかは実に驚くべき世界であった。

知れば知るほど〝彼ら〟はまったく独特であった。名人と呼ばれる者たちは、決まって一人一人が独自の異なる棋風を持ち、例えば同じ局面にあっても、ある者は必ず攻撃的な手を指し、ある者は防御を優先させ、また別のある者は一見局面とまったく関係のない駒を動かす手を選択した。

アンディはやがて、ちょうどワインやウィスキーの目利きが目隠しをして一口飲んだだけで酒の銘柄がわかるように、あるいは詩を読み慣れた者が詩の一節を読んだだけで誰の作品かわかるように、棋譜を一瞥しただけで、それが誰と誰との対戦なのかがわかるようになった。名人一人一人の個性が、それぞれの特徴とその個性的な勝負の進め方のうちにはっきりと刻印されていたのである。

優れた音楽家が楽譜を見ながら頭のなかに音楽を響かせるように、アンディはチェスの棋譜を読みながら、名人たちの極めて精巧にできた芸術品のごとき対局を頭のなかに思い浮かべた。指し手を表す記号をすいすいと目で追っていきながら、アンディの耳元には一連《コンビネーション》の手筋が、あたかもオーケストラが奏でる交響曲のように鳴り渡ってくるのであった。

18

訪ねていくと、古賀は驚いた顔でドアを開けた。

「おや。あなたは、さっきの……お名前は、たしか……」

思い出して口にされる前に、安奈は自分の唇に指をあてて相手を黙らせた。

「出られますか？」

低い声で尋ね、古賀が無言でうなずくのを見て、そのまま外に連れ出した。

古賀の住まいである〈蒲田ハイツ〉二〇二号はＪＲ蒲田駅からほど遠からぬ場所にあった。ちなみに、同じマンション一階一〇二号室は普段はチェス教室、さらにはチェスグッズの販売も行っている。

道向かいにある喫茶店に入り、窓際の席に向かい合わせに座った。

「突然お邪魔して申し訳ありません」

二人分のコーヒーを注文してから、安奈は古賀をまっすぐに見据えて口を開いた。

「じつはウォーカー氏に関して、ちょっとお伺いしたいことがありまして……」

「警察の方ですか？」

「はっ？」

「いえ、違うのならいいんです」

古賀が慌てたように手を振って言った。

「なんだか話し方が警察の人みたいだなと思いましてね。聞いてみただけです。すみません」

「謝られることはありません。おっしゃるとおりですから」

安奈はかすかに苦笑して言った。

「以前、警察にいました。現在は違います」

「ははあ、元でしたか。そうですか。なるほどね」

古賀はにこにこと笑いながらうなずき、

「それで、何を知りたいのです？」

「古賀さんは、ウォーカー氏とはいつからのお知り合いなのですか？」

「アンディが最初に世界チャンピオンになる前だから、かれこれもう二十年以上の付き合いになりますかね」

「二十年？　しかしウォーカー氏は、たしか防衛戦を無断でキャンセルしてタイトルを剥奪された後、一時期行方不明になっていたのですよね」

「行方不明？　誰がそんなことを言ったのです？」

「ネットにそう出ていました」

「困ったな。元警察官のあなたが、インターネットの情報なんか信じちゃだめですよ。みんな適当なことを書いているだけですからね」

「すみません。それじゃ、本当のことを教えてください。そもそもウォーカー氏は二十年前、なぜ、せっかく手に入れた世界一の座をほうり出して姿をくらましたのです？」

「当時は、ほら、ちょうどベルリンの壁が崩壊したりして、戦後長く続いていた東西冷戦の構図が変化しはじめた時期でしたからね」

と古賀は軽く顔をしかめて言った。

「西側のマスコミはこぞって、ロシア人チャンピオンを破ったアンディを、まるで西側世界の勝利の象徴として扱おうとしたのです」

「すると、ウォーカー氏はその役割を嫌って姿を消したのだと？」

「さあ。本当のところは本人に聞かないとわからないですし、聞いてもたぶんまともに答えてはくれないと思いますがね。もしかすると、あの時アンディは単に、世界チェス協会からチャンピオンとしての公の仕事をあれこれ押しつけられて、それが面倒になって姿を消しただけなのかもしれません。なにしろ、世界一になった——要するにこの世界に自分より強いチェスプレーヤーがいなくなった以上、あとは最強のプレーヤーである自分自身とチェスを指すしかありませんからね。〝どうせ頭のなかでずっとチェスのことばかり考えているのなら、どこに行っても同じだ〟、彼がそんなふうに考えたとしても少しも不思議ではありません」

二十年間、自分自身とチェスを指しつづける？

いったいそのどこが〝不思議ではない〟のか、安奈には見当もつかなかった。

首を振り、質問を続けた。

「それで、二十年ものあいだ、ウォーカー氏はどこにいたのです？」

「私も詳しいことは聞いていませんが、どうも彼はあちこち旅行してまわっていたようですよ。日本にも何度か来て、一緒に鮨《すし》を食べに行ったりしていました。アンディはマグロの刺し身が大好物なんです」

古賀はそう言って、相変わらずにこにこと笑っている。

どうにも話がかみあわない。

設問を変えた。

「昨年、ウォーカー氏が突然チェス界に復帰した理由はご存じですか？」

「久しぶりにイワノフとチェスを指したくなったから……じゃないですか？」

古賀は、今度は軽く首をひねり、自信なげに答えた。

ウォーカーのパスポートが現在失効し、さらにはアメリカ国内において国家反逆罪で起訴されていることを、古賀は知っているのだろうか？

安奈は目を細めて相手を観察し、結局判断を諦めた。知っていたとしても、古賀にはどうすることもできないことだ。逆に知らないのなら、わざわざ告げる必要はあるまい。

一つ肩をすくめ、質問を続けた。

「さっきお会いしたとき、あなたは宋蓮花からウォーカー氏のサインが入ったチェス盤を取りに来るようメールをもらって、すぐにホテルに駆けつけたとおっしゃいましたね」

「ええ。それが何か？」

「出かける前、あるいはホテルを出た後で、誰かに会ってそのことを話しませんでしたか？　つまり、ウォーカー氏があのホテルに滞在していることを、あなた以外に知っている人はいませんか」

「まだ朝が早い時間でしたからね」

古賀は眉を寄せ、腕組みをして考えた。

「いいえ。私は誰にも話していませんし、知っている人にも会いませんでした」

きっぱりとそう言い切る古賀に向かって、安奈は軽く目を細めた。

――すると、おかしなことになる。

古賀が帰った後、安奈はウォーカーと蓮花を急がせて五分で蒲田リバーホテルを引き払った。乗り込んだタクシーの運転手に行き先を告げ、だが、その前に一つ先の信号をUターンし、道路の反対側にしばらく車を止めてもらった。

車のなかから観察していると、案の定、蒲田リバーホテルの前に見覚えのあるヴァンが止まった。そして、ヴァンのなかからやはり見覚えのある二人連れの男が降りてくるのを確認して、安奈は運転手に反対方向にタクシーを出すよう言ったのだ。

蓮花が嘘を言っているのでなければ、情報は古賀から漏れたとしか思えない。

「じつは、古賀さんが帰られたあのあと、ホテルにウォーカー氏を訪ねてきた人たちがいたのです」

と安奈は相手の反応を窺いながら、慎重に言葉を続けた。

「なぜあのホテルがわかったのか、彼らは言わなかったのですが、もしかして古賀さんから聞いたんじゃないかと思いまして……」

「私じゃないですね」

古賀はすぐに首を振って言った。

「アンディが、ホテルに入るところをファンの誰かに見られたんじゃないですか？　なんと言っても、彼は有名なチェスの世界チャンピオンですからね。いや、そう言えば、彼も元ですか。それにしたって、世界中どこに行っても、彼の顔や名前を知らない者なんていませんよ」

「わたしは彼の名前も顔も知りませんでした」

「おや、珍しい人ですね」

古賀は本気で呆れたように目をしばたたいている。

安奈はひとまずほっと息をついた。古賀の反応は、いささかピントがずれているものの、どうやら演技ではなさそうだ。古賀は一応容疑者から除外して考えて良い。

「蓮花からの連絡は、あなたの携帯電話にメールで来たんですよね。まだ残っていますか？」

尋ねると、古賀は薄手のジャンパーのポケットから携帯を取り出し、そのまま安奈に渡してよこした。

携帯を開き、ボタンを操作して蓮花からの着信メールを呼び出す。間違いない。だが――。

「このメールは返信されていませんが、古賀さんがホテルに行くことは彼らにどうやって知らせたのです？」

「電話ですよ、もちろん」

古賀はきょとんとして言った。

「私は老眼なもので、携帯のメールというやつがどうも苦手でしてね。メールをもらったら、いつも電話で折り返すようにしているのです」

安奈はテーブルからカップを取り上げ、ミルクも砂糖も抜きのコーヒーを一口飲むあいだにいま聞いた情報を頭のなかで整理した。

「古賀さん」

カップを置いて口を開いた。

「最近――この数日の間に、お宅の電気か、電話の工事をされていませんか?」

古賀はコーヒーを飲みかけた姿勢でしばらく首を傾げていたが、何か思いついた様子でカップをテーブルの上に戻すと、手を打って言った。

「そうそう、おっしゃるとおりです。いや、よくわかりましたね。さすが元の人だ」

古賀はすっかり感心したように言った。

「あれは……早いもので、もう先週のことになりますか、家に電気会社の人が二人来ましてね。なんでも漏電の点検が必要だということで、家中のコンセントや何やらを外して点検していってくれましたよ。いや、言われるまで、すっかり忘れていました」

安奈は無言のまま、ふんと鼻を鳴らした。

予想通りの答えだった。

見覚えのあるヴァンが蒲田リバーホテルの前に止まった瞬間、安奈の頭に二つの可能性が浮かんだ。

一つは、一見お人好しに見える古賀が、なんらかの事情で敵に意図的に情報をリークしている場合。

だが、直接会って話すことでこの可能性は――依然ゼロではないにせよ――極めて低いという感触を得た。

消去法で残ったのは、古賀が〝無自覚の情報提供者〟として利用されている可能性だ。おそらく古賀の家を調べれば、コンセントや電話のジャックといった場所から小型の盗聴器が発見されるはずだ。

さっき安奈が古賀の家を訪ねた際、最小限の会話で外に連れ出したのも、盗聴器の存在を恐れたためだった（メールで外に呼び出すことも考えたが、古賀の反応が読み切れなかったので断念した）。

電気会社から来たという点検作業員二名の手首には、魚の鱗を組み合わせたような、特徴的な入れ墨がはいっていたに違いない。彼らは電気会社の人間を装って古賀の家に入り、堂々と盗聴器を仕掛けた。

古賀の家の電話の会話、さらには室内の音声も、残らず盗聴されている。だからこそ、連中はあれほど素早くウォーカーの宿泊先を特定し、ホテルに現れることができた――それ以外に考えられなかった。

安奈は右手の人差し指を頬に当て、軽くリズムを取るように叩きながら、次にどう行動すべきかを検討した。

情報漏れのルートは推定できた。

通常の手続きを踏むなら、次は古賀の家を調べて仕掛けられた盗聴器を取り外すべきだろう。少なくとも、古賀当人には盗聴器の存在を知らせるのが筋だ。

だが、それは同時に敵にこちらの手札を晒《さら》すことを意味している――。

安奈はリズムをとっていた指の動きを止め、頬から指を離した。古賀に礼を言い、伝票をつかんで立ち上がる。

古賀には申し訳ないが、盗聴器はやはりしばらくの間そのままにしておいてもらうほかなかった。


途中、郵便局に立ち寄り、ウォーカーに頼まれた葉書を購入してから品川のホテルに戻った。

ホテルの前で足を止めた安奈は、ほっと息をついた。

周囲の様子を窺うかぎり、留守のあいだに大きな騒ぎは起きてはいないようだ。

腕時計に目をやり、時間を確認した。

ウォーカー、蓮花の二人を残してホテルを出てから、戻ってくるまで、時間にしておよそ一時間余り。

二人ともひどく疲れた様子だったから、しばらくはこのまま休ませておいた方がいいだろう。その間にいくつか確認しておくことがある……。

あれこれ思案しながら、自動ドアを抜けてホテルのロビーに入った。

窓際におかれたロビーの椅子に腰を下ろして、一息ついた。

フロントに視線を走らせ、ふと違和感を覚えた。

何かがおかしかった。だが、いったい何が……。

次の瞬間、安奈は目を大きく見開いた。

品川ウエストはいわゆる古いタイプのビジネスホテルで、宿泊客が外出する際はフロントに鍵を預けて出かける方式になっている。預けた鍵は、フロントの背後に設けられた部屋番号付きの棚に置かれ、戻ってきた時は自室の番号を告げて鍵を渡してもらうシステムだ。

６３３。

そう書かれた棚に鍵が見える。ということは――。

慌ててフロントに駆け寄り、制服姿の若い男をつかまえて尋ねた。

「六三三号室の客は？　あの二人はいったいどうしたの？」

フロント係の若い男は訝しげに顔を上げ、ちらりと背後の棚に目をやると、ふたたび手元に目を落として答えた。

「申し訳ありません。六三三号室のお客様はただ今外出されていらっしゃいます」

「そんなことはわかっているわ！」

安奈は相手の胸倉をつかみあげんばかりの剣幕で言った。

「彼らがいつ、どうやってホテルを出ていったのかを聞いているのよ。二人はまさか誰かに拉致されたんじゃないでしょうね」

「拉致、ですか？」

いきなり物騒な言葉を聞かされて、フロント係の若者は目をぱちつかせた。

「すみません。さっき交替したばかりなので詳しいことはわかりかねるのですが……」

「だったら、誰か事情のわかる人を出して。今、すぐに！」

「あの……それで、お客様は?」

「わたし?　わたしは……」

安奈は一瞬言葉に詰まり、だが、すぐに肚を据えた。身を乗り出し、フロント係の耳元で囁くように言った。

——警察よ。

フロント係の顔に浮かんだ疑わしげな色に気づいて、早口に続けた。

「極秘任務中だから手帳は持っていない。心配なら、上の人間にこれを見せなさい。上の人間なら、それでわかるはず」

安奈はカウンターに置いてあったメモ用紙に八桁の番号を殴り書きして、フロント係の鼻先につきつけた。

「わかりました。……少々、お待ちください」

フロント係は安奈の剣幕に恐れをなした様子で、メモ用紙をもって奥に引っ込んだ。

安奈はいらいらしながら、一方で祈るような気持ちで、待った。

フロント係に渡した番号は、SP時代、首藤主任が指揮する警護任務についた際、緊急避難用として覚えさせられたものだ。首藤主任直通の電話番号。番号は、緊急事態の際、警護対象を匿う場合の連絡用として都内複数のホテルに登録してある……。

だが、もちろん、もしホテルの人間が実際に電話をかけて首藤主任に事実関係を確認すれば、主任は安奈が警察の人間であることを否定するだろう。あるいは、首藤主任がすでに緊急連絡用の番号を変えている可能性もある。

安奈としては、この番号がまだ生きていて、かつホテルの上の人間が番号を見て誤解してくれることを祈るのみだ。

どうやら祈りは通じたようだ。

慌てた様子で奥から出て来た支配人らしき年配の男は、安奈をフロントの脇にひっぱっていき、小声で尋ねた。

「……で、今回は何でしょう？」

見れば、鼻の頭にびっしょりと汗が浮かび、怯えたように唇が震えている。

おそらく首藤主任は、あちこちのホテルの後ろ暗い事情を押さえて自在に使っている。あるいは、公安の連中か？

いずれにしても、ならば、そのように振る舞うだけだ。

「六三三号室の宿泊客が外出しているようだけど、彼らが外出した時の様子は？」

「普通、だったと聞いています」

「すると、彼らは無理やり連れ出されたわけではないのね？」

「ええ、少なくとも騒ぎはありませんでした。……そう、聞いています」

安奈はひとまず胸を撫で下ろした。

が、これだけではわからない。

どちらかが周囲からは見えないように脅《おど》されていて、もう一方がおとなしく言うことを聞いていたという可能性もあるのだ。

「六三三号室。部屋を見せて」

「へっ。外出中のお客様の部屋を、ですか？」

「ええ」

安奈は短く言い、いかにも警察然とした傲慢な態度で待った。支配人はすぐに折れた。

「わかりました。お客様にはどうかご内密にお願いします」

「あとは残さないわ。いつものよう、に、ね」

「それはもう……おっしゃるとおりです」

支配人は情け無さそうに小さく首を振り、ため息をついた。

マスターキーを提げた支配人と従業員用のエレベーターに乗り、六階にあがった。

部屋の鍵を開けたところで、支配人を引き取らせた。

ここからは一人の方がいい。

中の気配を窺いながら、慎重にドアを開ける。

部屋の中はもぬけの殻だ。

後ろ手にドアを閉め、室内に視線を走らせた。

争った跡はない。

何らかの方法で無理やり連れ出されたのなら、必ずどこかに気配が残っているはずだ。が、そんなものはいっさい感じられなかった。

すると、二人はやはり自分たちの意志でホテルを出て行ったのだ。
だが、なぜ……？
安奈は部屋の真ん中に進むと、そこでもう一度周囲を見回した。
二人の荷物はきれいさっぱりなくなっている。
ただ、ガラステーブルの上にチェス盤が残されていた。
安奈はテーブルに近づき、チェス盤を覗き込んだ。
白と黒の市松模様。
ゲームは終盤らしく、盤上には白黒の駒が入り組んだ形に配置されている……。
チェス盤を眺めているうちに、安奈は無性に腹が立ってきた。
向こうが勝手に警護を依頼してきて、向こうが勝手にいなくなったのだ。
彼らのために懸命に走りまわっている安奈には、一言の断りもなく。
——勝手にしろ。
低く呟いて、ホテルの部屋を後にした。

19

チェスにおいて序盤戦《オープニング》の目的は次の五つである。

一、駒を展開する《ディベロップメント》
二、盤の中央を支配《コントロール・オブ・センター》
三、キングの安全を確保《キング・セイフティ》
四、弱いポーンができないよう気をつける《プリヴェンション・オブ・ポーン・ウィークネス》
五、ピース同士の連結《ピース・コーディネイション》

（アンディ・ウォーカー著『アンディ・ウォーカーのチェス入門』より）

20

九歳の時に出演したあるテレビ番組によって、アンディの名はチェス関係者たちの間だけでなく、一般の人々にも広く知られることになった。

その年、地元のショッピングモールが企画したクリスマスのチャリティーイベントで、アンディは大人のチェスプレーヤー五人を相手に、同時、かつ目隠しをして対局を行った。

結果は〝五戦五勝〟。アンディの圧勝だった。

アンディにしてみれば、あるいはトレーナーであるキングズレー牧師にとっても、まず当然の成績であった。

ところが、この対局の模様がたまたまチャリティーイベントを取材しに来ていた地元テレビ局のスタッフの目にとまり、番組の中で取り上げられると、放送直後からテレビ局に問い合わせが殺到した。

――あの子供は何者なんだ？

――あの子の頭の中はいったいどうなっている？

などと興奮した声で尋ねる者が多かったが、中には電話をとるなり、

――あんなことが子供にできるはずがない。クリスマスだと思って視聴者を馬鹿にするな！

とカンカンになって怒鳴り出す者も少なからずいたのである。

彼らは、たかだか九歳の子供が（しかもアンディは実際の年齢より幼く見えた）大人五人を相手に、同時に、しかも目隠しでチェスを指すことなどできるはずがない、どうせテレビ局があらかじめ仕込んでおいた〝やらせ〟に違いないと主張し、局側がいくら「そうではない」と説明しても無駄であった。

――あの目隠しが怪しい。あれにどんな仕掛けがしてあったんだ？

電話口でしつこく尋ねる者もいた。

だが、言うまでもなく、対局は〝やらせ〟などではなかった。

勝負は正々堂々行われたのであり、またアンディがつけていた目隠しには何の仕掛けもされてはいない。

ただし、チャリティーイベントでアンディが相手をした五人の大人たちはみな、チェスのレイティングがさほど高くなかった――要するに、チェスプレーヤーとしてはたいしたことがなかった――のは事実である。

クリスマスのチャリティーイベントなのだ。いい歳をした五人の大人が、わずか九歳の、しかも目隠しをした子供を寄ってたかってやっつける、などという事態になってはいくらなんでもまずいだろう。

そう考えたイベントスタッフが、アンディの側にいくらか有利になるよう相手を選んで来たのだ。

結論から言えば、彼らのさじ加減はむしろ逆にすべきであった。

いい歳をした五人の大人のチェスプレーヤーは、目隠しをした九歳の子供《アンディ》相手に、ほとんど何の抵抗も示さず、拍子抜けするほどあっさりと、次々に負けてしまった。イベントとしていささか盛り上がりに欠けたのも無理はない。

番組を見た視聴者がテレビ局に抗議の電話をかけてきたのも、実際にはこのためであった。テレビの視聴者は、それが嘘であろうと、真実であろうと、ハラハラドキドキできさえすれば満足なのだ。彼らはそれ以外の番組を受けつけない。

結果、アンディのもとにテレビの番組で〝目隠しチェス〟の実演をする、正式な出演依頼が舞い込むことになった。

今度の相手は、五十代の気難しそうな顔をした白髪の男性ただ一人。

ただし、彼はかつて東地区アマチュア選手権で優勝経験のある強豪である。

番組冒頭でルールが説明された。

二人はそれぞれ画面の左右に離して置かれた椅子に座り、アイマスクをしてチェスの対局を行う（アイマスクにはなんの仕掛けもないことが視聴者に示された）。

画面中央のスクリーンには大きなチェス盤が映し出されている。

二人が目隠しをしたままマイクに向かって指示する駒の動きは、直ちにスクリーン上のチェス盤に反映される。

持ち時間はそれぞれ五分。

テレビ向けの早指しルールだ。

番組は生放送。インチキやごまかしは一切できない。

テレビ局としても、これはある意味で賭けであった。

事前に可能なことはある程度確認しているとはいえ、もしアンディが途中で混乱して盤からすでに取り除かれた駒や、あるいは動かせないはずの駒の動きを指示するようなことがあれば、番組としては失敗である。そうでなくても、大人対子供の対決なのだ、アンディがコテンパンにされて途中で勝負を投げ出したり、ましてや泣き出したりするような事態になれば、誰かが責任をとってテレビ局を去ることになるだろう。

番組スタッフが固唾《かたず》を呑んで見守る中、勝負は開始された。

序盤の展開は互角。

中盤に入ると、元アマチュアチャンピオンがやや優勢に見えた。

だが、アンディは持ち時間をほとんど使うことなく冷静に指し続け、終盤、持ち時間の少なくなった相手に焦りが出たところで、意表をつくナイトの捨て駒戦略《サクリファイス》によって、見事に逆転勝利をおさめた。

——信じられない！

番組の司会をしていた女性キャスターが、目隠しをはずしたアンディに向かって興奮した声で尋ねた。

——目隠しをしたままチェスを指すのはいったいどんな感じなの？　できるようになるには、なにかコツみたいなものがあるのかしら？

アンディは首をかしげ、頭の中にイメージを思い浮かべたが、結局言葉にならず、無言で肩をすくめた。

アンディにとってそれは、呼吸をするのと同じくらい自然なことなのだ。

どうやって呼吸をするのか？

そんなことを他人に教えることなどできるわけがない。

女性キャスターの脇で、質問に肩をすくめるアンディの姿は全国放送のニュースでも取り上げられ、翌日から新聞や週刊誌の取材が殺到した。

取材を受ける家族やチェスクラブの者たちは——キングズレー牧師を含めて——なんだか浮かれた様子だった。が、アンディ本人はいつも、その脇でひどく不機嫌な顔で唇を尖らせ、頬をふくらませていた。

正直なところアンディには、大人たちがいったい何を大騒ぎしているのかわからなかったのだ。こんなつまらないことのためにチェスをする時間を奪われることが、むしろ理不尽に思えて仕方がなかった。

チェスの世界チャンピオンになるためには、学ぶべきことが、そして倒すべき相手が、まだまだ残っていたのである。

21

——ほら、ここでこうすれば安奈の勝ちだった。

目を上げると、にこにこと笑みを浮かべた父の顔があった。

背後の壁には地域の地図、掲示板、それから指名手配犯の顔写真が並ぶポスター。

子供の頃、何度も遊びに行った交番の中だ。父とは、スチール製の机を挟んで向き合うように座っている。

勤務中らしく、父は制服姿だった。

目の前の机に視線を戻すと、白と黒の市松模様の盤が置かれ、盤上に王冠や馬、城などを象《かたど》った駒が並んでいる。

よく見れば、安奈の側の白の王様が、黒の女王と騎士のあいだで身動きが取れなくなっていた。

「もう一度、最初からやってみるかい？」

尋ねられて、安奈は無言でうなずいた。

「よし、それでこそ安奈だ」

父はにこりと笑うと、白と黒、安奈のぶんも含めて三十二個の駒を手早く並べ直しにかかった。その父に尋ねた。

——お父さんは、どうして警察官になろうと思ったの？

父はチェス盤に向かったまま、駒を並べる手を止めずに、

「お父さんは、ほら、おじいちゃんと違って強い人じゃないだろう？　だから、かな」

と独り言のように答えた。

顔を上げ、安奈が小首を傾げているのに気づくと、頭を掻きながらすぐにこう言い直した。

「ごめん、ごめん。お父さんが警察官になったのは、困っている人を助けたいと思ったからだよ」

「困っている人を助けるの？　お父さんが？」

「うん。安奈も知ってるとおり、お父さんはおじいちゃんみたいに強くはない。だけどこのお仕事なら、おじいちゃんみたいに強くなくても、困っている人を助けてあげることができるんだ。だから、お父さんはこのお仕事をしようと思った。そういうことだね。……さ、準備ができた。安奈が先手だ」

促されて、安奈は自分の王様の前の歩兵を二つ進めた。

「お父さんは、ゲームなら何でも強いのにね」

「そうだね。ゲームなら強いんだけど……」

苦笑しながら父が駒を進めたそのとき、交番の電話が鳴った。

「安奈の番だよ」

そう言って父は電話を取り、短い受け答えのあと、すぐに席を立った。

「安奈。お父さん、ちょっとお仕事に行ってくる」

「お仕事って……？」

嫌な予感がして、顔を上げた。

「誰かが喧嘩しているんだって。安奈も、喧嘩、嫌いだろ？　お父さんも大嫌いだ。行って、止めてこなくっちゃ」

父はそう言うと、ひょいと腰をかがめ、幼い安奈と同じ目の高さになった。

「困っている人がいたら、助けてあげるのがお父さんのお仕事だ。お父さんはおじいちゃんみたいに強くない。だからこそ、逃げちゃいけないんだ。目の前に困っている人がいたら、どんなことがあっても絶対に見捨てない」

そう言って安奈の頭の上に手を置き、髪の毛をくしゃくしゃにするように撫でた。

「それじゃ、ちょっと行ってくる。それまでに良い手を考えておくんだよ」

そう言って片目をつむり、身を翻して交番を出て行く父の背中に、安奈は手を伸ばした。

――だめ！　お父さん、行っちゃだめ！

だが、なぜか声にならない。

――お父さん！

必死になって、声を振り絞った……。

目を開いたあとも、しばらくは自分がどこにいるのかわからなかった。

頭のなかにはまだ、自分が叫んだ声の残響がこだまのように残っている。

視界の端に緑色のかすかな光の点滅。

枕元に置いた目覚まし時計だ。

安奈は、暗い天井に向かってふうと一つ息をついた。

そう、夢だ。

現実とは違う。

父が刺されたのは非番の日だった。その日、安奈が父の交番に遊びに行っていたはずがない。

いや、それを言えば、その日安奈は母に連れられて母の実家にいた。そこに、酔っ払い同士の喧嘩を止めに入った父が刺された、しかも病院に到着する前に亡くなったという知らせが届いたのだ。

当時、父と母のあいだに何があったのか安奈は今も知らない。喧嘩の仲裁に入った父が、結果としてナイフの前に身を投げ出したその時、本当のところは何を考えていたのかも。だが――。

「目の前に困っている人がいたら、どんなことがあっても絶対に見捨てない」

そう言ったときの父の誇らしげな顔を、何度も繰り返し夢に見る。

父の夢を見るのは、決まって行き詰まっているときだ――。

安奈は苦笑して首を振り、ベッドから起き上がった。そのまま窓際に歩み寄り、勢いよくカーテンを引き開けた。

22

「あれ、安奈さん。今日はいつもより早いんじゃない？」

夕方ダズンに顔を出すと、先に来ていたリコが顔を上げ、ひらひらと手を振ってよこした。近くのクラブ、マグノリアに籍を置くリコは、時々——つまり、客との同伴がない時は——出勤前に開店前のダズンに来て時間をつぶしている。

「六本木で、ここが一番落ち着くの」

などと殊勝なことを言って可愛い顔をして見せてはいるが、お目当ては袴田店長がつくってくれる〝まかない〟にあることは明らかだった。

カウンターの上にちらりと目をやると、今日の〝まかない〟メニューは牛肉とキノコのデミグラスソース煮込み、野菜のマリネ添えだ。

「安奈ちゃんもどうぞ」

店の奥から出て来た袴田店長が、同じメニューを盛った平皿をカウンターの上に置いて安奈を手招きした。

二人とも、昨夜の依頼のことなどすっかり忘れたかのように、一言も尋ねない。

いや、たぶん本当に忘れているのだ。蓮花を安奈に紹介した時点で〝任務終了〟。あるいは、いつものようにたちの悪い酔っ払い客をタクシーに乗せる程度の簡単な仕事を依頼したと思っているのに違いない……。

安奈は肩をすくめ、無言で勧められた椅子に腰を下ろした。

まずは腹ごしらえ――。そう思ったのは確かだが、正直な話をすれば、安奈にとっても目の前に差し出された〝まかない〟は抗しがたい魅力だった。

一口食べて、思わずため息が出た。いつもながら、袴田店長がつくる〝まかない〟はびっくりするほど美味しかった。レシピを教えてもらって自分で試したこともあるが、何度やってもなぜか同じ味にはならなかった。ちょっとした調味料の使い方や途中の火加減、あるいは材料の切り方の違いといったことで、仕上がりが全然違ってしまうらしい。カクテルもそうだ。二種類か三種類の材料をただ混ぜ合わせるだけなのに、袴田店長の手にかかるとまるで別物のように魅惑的な味に変わる。

結局のところ、味にも才能というものがあり、それはごく一部の選ばれた人にしか与えられていないものなのだ。一流になるには、なにごとも才能が必要である。

リコと並んで座り、無言で口を動かしていると、袴田店長が思い出したように手を打って言った。

「そうだ。安奈ちゃん宛《あて》に彼氏からプレゼントが届いてるわよ」

プレゼント？

安奈は眉を寄せた。荷物を送ってくる者など誰もいないはずだ。

「なに、なに。あたしにも見せて」

早くも食べ終わったリコが、口元を拭いながら、カウンターごしに身を乗り出した。

袴田店長がカウンターの上に置いた宅配便の小包を、三人で覗き込んだ。

「南出一郎《みなみでいちろう》？　この人が安奈さんの新しい彼氏なの？」

振り返って尋ねるリコに、安奈は首を傾げ、肩をすくめてみせた。

彼氏もなにも、聞いたこともない名前だ。

差出人の住所は「千代田区霞が関」。番地は書かれていない。

安奈は目を細め、ふとあることに思い当たって、途端に肩の力が抜けた。

間違いない。

偽名はともかく、送り状に書かれた文字に見覚えがあった。

北出課長。

安奈が警察官になってすぐの頃に配属された、生活安全課の上司の字だ。

死んだ父と警察学校で同期だったという北出課長には、ＳＰになって以来会っていなかった。

無理を言ってＳＰに推薦してもらった手前、辞める時も気まずい感じがして挨拶にさえ行っていない。

その北出課長が、今さら、いったい何を送ってくれたというのだろう？

「開けていいよ」

安奈の許可を待ち兼ねたように、リコが嬉々とした様子で包みを破り開けた。

「なに、これ？」

奇麗にネイルを施した指先がつまみ上げたのは、ネズミ色のベストだ。細く弓なりに描いた眉をよせて、リコが振り返った。

「安奈さん、ちょっと彼氏に言った方が良いんじゃない？　いくらなんでも、趣味、ダサ過ぎ」

眉をひそめたリコからベストを取り上げ、安奈はふいに目を細めて考え込んだ。

「で、なんなの、それ？」

袴田店長が煙草を一服吸いつけてから、うさん臭げな顔で尋ねた。

「防弾ベスト。……一応だけど」

「ぼーだん、べすと？」

小首を傾げて呟いたリコは、自分で言った言葉の意味に気づくと、呆れた顔になり、手を口に当てて長い付けまつ毛をしばたたかせた。

「えっ？　うそっ？　なんか、前にテレビで見たのと違うんだけど？」

安奈は軽く肩をすくめ、ベストを包みに戻した。

送られてきたのは、ケブラー繊維を使った防弾ベストだった。デュポン社製。高い弾性率と耐熱性を誇るケブラー繊維でできた防弾ベストは、一見普通の衣服と変わりなく見えるが、通常の拳銃の弾が貫通することはない。

もっとも、衝撃は別だ。

しばしばドラマや報道番組で目にする、あのロボコップ風の大仰な防弾ベストは、むしろ被弾の際の衝撃を吸収するためのものだ。ケブラー繊維製の防弾チョッキだけでは、銃弾は貫通しないが、至近距離で被弾した場合はまず骨折か内臓破裂は免れ得ない。いや、そんなことはいい。問題は——。

「……安奈さん？」

声をかけられて、はっと我に返った。

「なんか、怖い顔してたけど……どうかしたの？」

「怖い顔？　わたしが？」

リコと袴田店長が顔を見合わせ、うなずいてみせた。

安奈は首を振り、かすかに苦笑した。

いつも誤解される。

不快なことを考えていたわけではなかった。逆だ。なぜなら——。

安奈は顔をあげ、リコに向かって改めて口を開いた。

「教えて。昨日の彼女——宋蓮花とはどこで知り合ったの？　彼女から警護の依頼を受けるきっかけは、いったいなんだったのかしら……」

約束したのだ。

絶対に見捨てない、と。

相手が勝手に姿をくらましたくらいで、このまま終わらせるつもりはなかった。

アパートに帰って一眠りした後、目が覚めて真っ先にダズンに顔を出したのも、ここに来れば蓮花もしくはウォーカーについて情報収集ができると思ったからだ。

「宋蓮花？　誰？　ああ、レンちゃんのことね」

リコは、一瞬きょとんとした後、ちょっと肩をすくめて言った。

「よくは知らない。知り合ったのは六本木に最近できた新しいクラブ……あっ、お酒を飲む方じゃなくて、踊る方ね。こないだ土曜の夜だから……四日前？　むこうから声をかけてきたの。彼女、クラブに来たのははじめてらしくて、何をどうしていいのか困っているみたいだったから、いろいろ教えてあげたの」

「昨日はたしか〝友だち〟と言っていたはずだけど？」

「友だちよ。いろいろ教えてもらったお礼だといって、お酒も奢《おご》ってくれたし……。悪い人じゃないでしょ？」

半ば予想していたとはいえ、リコの返事はどうにもはかばかしくなかった。

蓮花がリコに近づいたのは偶然ではあるまい。六本木の夜の街は、様々な目的で日本にやって来た外国籍の者が集う場所でもある。中にはこの街でホステスとして働く若い女性も少なくない。蓮花は、日本に来て知り合いになった彼女たちから、元SP——今では手に負えない酔っ払いからホステスを救う守護神《ガーディアン》となった安奈の存在を噂に聞いていたのだろう。

ウォーカーが謎の男たちに襲われる事件が起きたのが十日前の夜。すぐに日本の警備会社に相談したものの、警護の依頼を断られて困惑した蓮花は、安奈の噂を思い出し、ひとまず偶然を装ってリコに近づいた――。

「彼女が警護を依頼してきたウォーカーについては、どう？」

「写真を見せてもらっただけ。それ以上は知らない」

「会ったことは？」

リコは無言で首を振った。

「それで、どういう経緯で警護の依頼を引き受ける話になったの？」

「えっ？　どういう経緯って言われても……どうだったかな？」

リコは首を傾げ、助けを求めるように袴田店長に視線を向けた。

「ほら、あれじゃない」

袴田店長が見かねたように助け舟を出した。

「あのコ、レンちゃんがなにか困っているみたいなんで、リコちゃんが親切に話を聞いてあげて、それならうちで何とかしてあげられるかもと思って、あたしに連絡してきた……たしかそうじゃなかったかしら？」

「あっ、そうそう。それそれ！　間違いない。さすが亨ママ、記憶力いいわ」

「それで、あたしとリコちゃんとで相談して、そのしつこいストーカー野郎を撃退するためには……あれっ、違った？　これって別の人の話？　彼氏が借金して、ヤクザに追われてるんだっけ？　ま、何にしても、とりあえずは安奈ちゃんがどのくらい強いのか見てもらおうってことになって……あとは、ねっ」

袴田店長はそう言うと、とぼけた顔で煙草をくわえ、安奈を振り返って片目をつむってみせた。

——そこから先は、安奈ちゃんは聞かない方がいい。

そういう意味だろう。

リコや袴田店長が、ホステスたちからお金をもらって〝仕事〟を引き受けているのかどうか、安奈は知らない。と言うか、知りたくもなかった。現実にお金を取っているのだとしたら、元SPの安奈がそのために働くのは問題だ。安奈としては、少なくとも表向きは、あくまで「サービス、サービス」と言い張る袴田店長の言葉を信じるだけだった。それにしても……。

安奈は首を振り、唇の片方の端を引き上げた。

今回の仕事はちょっとひどすぎる。

リコも袴田店長も、どうやらほとんど何も知らない相手から、内容もろくに聞かずに、無責任に依頼を引き受けたらしい。少しはリスク管理を期待したいものだ。

いずれにせよ依頼の仲介者がこの頼りない有り様では、姿を消した二人の手掛かりはここで途絶えることになる。

蓮花の携帯は、昨日から何度もかけているが、ずっと電源が切られたままだった。

——次はどうする？

唇をかんで思案していると、袴田店長が何か思いついたように煙草を口から離した。

「そういえば、あのコの彼氏って、なんかチェスに関係した人じゃなかったっけ？」

彼氏かどうかはともかく、チェスの元世界チャンピオンであることは間違いない。

安奈がそう言うと、袴田店長は煙草を指に挟んだまま小指を伸ばし、器用に頬のあたりをぽりぽりと掻いた。

「それなら、ヒロさんに聞いてみたら何かわかるんじゃない」

ヒロさん？

とっさに誰のことかわからず、首を捻った。

「ほら、うちの店にしょっちゅう来て、つまらないジョークを言っちゃ、周りからドン引きされてる冴えないおじさんがいるでしょ？　あのヒロさん。……それにしても、ほんと、あんな笑えないジョークばっかり、いったいどこで仕入れてくるのかしらね？」

そこまで言われて、ようやく思い出した。

安奈自身、昨夜、そのヒロさんから、

――ねえねえ、六本木には夜空がないって知ってる？

などと、わけのわからないことを尋ねられたばかりだ。

カードで支払う時は、毎回カード会社が気の毒になるほどの、文字通りミミズがのたくったような下手な字で〝広沢進〟とサインしている（あれで、よくもまあ本人確認できるものだ）。

広沢さん――だから、ヒロさん。

そのままである。

好きなカクテルは〝アイスブレーカー〟。もっとも、アイスブレーカーを使ったジョークを言いたいがために注文している気配がないではない。残念ながらヒロさんのジョークは〝氷砕機《アイスブレーカー》〟どころか、毎度聞いた者を凍らせてしまっている。

あのヒロさんに、いったい何を聞けというのか？

安奈が眉をよせたままでいるのに気づくと、袴田店長はおやっという顔になった。

「あれっ？　安奈ちゃんは、ヒロさんが大学でセンセやってる人だって知らなかったっけ？　ほら、例の」

と袴田店長がつづけて口にしたのは、都内にある某有名私立大学の名前だった。

「あの人、ああ見えても学界じゃちょっとは名前の知られた偉い教授センセなんだって。専攻は経済学？　本もいっぱい書いていて、国際会議にもしょっちゅう出ているみたい。どんな本を書いているのか気になったんで前に一冊持って来てもらったんだけど――だって、つまらないジョークなんか書いてたら可哀想でしょ――正直、三秒で頭が痛くなったわ。本を開いたらいきなり難しい数式がぎっしりと並んでいて、字を探したんだけど英語ばっかりなんだもの。世の中にあんな本を読む人が一人でもいるのかしら？　そう言えば、この前もね……」

「それで？」

と安奈が口を挟んだ。袴田店長の話は放っておくとどこまでも脱線してしまう。

「それで？　なんだっけ？」

袴田店長は首を傾げ、うっかり手を離したばかりにどこかに飛んでいってしまった風船の行方を探す子供のような顔になった。今回は幸い、すぐに見つかったらしい。

「そうそう、それでね。ヒロさんが前に一度、だいぶ酔ってた時だけど、『ぼくはね、こう見えても昔、チェスの学生チャンピオンだったんだ』って自慢してたのよ」

そう言えば、昨日も意味のわからないことを言っていた。

〝地獄とは、どこかに閉じ込められて、チェス盤はあるのに相手がいない状況のことだ〟

とかなんとか……。

「もっとも、よくよく聞いてみれば、チャンピオンったって、学生さんたちが集まって、身内でこそこそっと開いた大会で、たまたま優勝しただけらしいんだけどね。……あれっ？ それともあの話って、ヒロさんお得意のジョークだったのかしら？ うーん、あの人のジョークってよくわからないところがあるのよね。まったく、頭が良いんだか、悪いんだか……。ま、いずれにしても、ヒロさんがチェスに詳しいのは確かみたいだから、あの人が来たら、その、何だっけ？ ウォーカーさん？ チェスの元世界チャンピオンの人についても聞いてみたら、何かわかるんじゃないかしら？」

そう言って、ちらりとカレンダーに目をやった。

「今日は水曜？ だったら、そろそろ来る頃かも……」

袴田店長がその言葉を最後まで言い終わらないうちにダズンのドアが開き、本日一人目のお客が顔を出した。

「わー、ヒロさんだ！」

リコが声をあげた。

「いらっしゃい。待ってたわ。さ、さ、座って座って」

袴田店長が手招きして、カウンターの真ん中の特等席に座るよう促した。

かつてない歓迎ぶりに、広沢はすっかり驚いた様子で目を丸くし、入り口で立ちすくんで、きょろきょろと左右を見回している。

「なに？　どうしたの？　なにかあったの？　もしかして、ドッキリ？」

古びた革鞄を胸に抱え、腰を引いて、いまにも逃げ出しそうな様子だ。

安奈は仕方なく立ちあがり、広沢の腕を取って無理やり店の中に引き入れた。椅子に座らせると、カウンターの内側に回って、おしぼりを差し出した。

「ダズンへようこそ。お待ちしておりました」

にこりともせず、ヒロさんの顔をまっすぐに見て言った。

23

十歳の時に参加したブルックリンでの大会においてアンディが指した一局は、その後長くチェスマニアの間に物議を醸すことになった。

大会中のある一局、アンディは自陣のクイーン、ルーク、ナイトと連続して捨てるという大胆極まりない戦略によって、見事に勝利を収めたのである。

最初それは、観戦者席の間から思わず囁き声が漏れたほど一見無意味な手に思われた。いや、それを言えば、そもそもその一局は白を持った相手が序盤戦から定石通りに駒を進め、地道にこつこつとポイントを重ねていた。誰の目にも、白の方が圧倒的に有利だと見えていたのだ。だからアンディが自陣のクイーンを無造作に進めた時、対戦相手はてっきりアンディが苦し紛れに指し損ねた——もしくは不利な展開にやけになって捨て鉢の手を指したのだと思い、ちゅうちょなく目の前のクイーンをただ取りした。

続いてルークを。

だが、最後のナイトを取った後で、何か変だぞと思った。

冷静になって盤上の駒の配置をじっくりと眺め、ふいに、青くなった。

有利だった局面が、いつの間にかおかしくなっていた。自陣の守りが切り崩され、キングを守っているはずの駒が逆にキングの動きを阻んでしまっている。この状況で、もしキングに攻撃が加えられたなら……。

「チェック」

耳元に容赦ない声が聞こえた。

それまで最終列にじっと身を潜め、死んだふりをしていた黒のビショップが、いきなり盤の中央に躍り出て、キングに攻撃を加えたのだ。

落ち着け。まだ、大丈夫。このチェックは逃れることができる。

対戦相手は額に浮かんだいやな汗をぬぐい、自分にそう言い聞かせた。

相手のクイーン、ルーク、ナイトと連続してただ取りしたのだ。ポイントでは圧倒的にリードしている。このゲームに負けるはずがない。そう思った。だが……。

突然、目の前が開け、未来が垣間見えた。

数手先に、絶望的なキングの死が——逃れられぬ負け《メイト》が待っていた。

対戦相手は顔を上げ、ようやくアンディの捨て駒が巧妙な罠であったことに気がついた。

そして、気づいた時は手遅れだった。

——なぜこんなことになったのか？

対戦相手は呆然としながら、唯一の残された手を指した。

自分から負けを申し出たのである。

一呼吸おいて、会場がどよめきに包まれた。

早速会場のあちこちで盤上に駒が並べられ、たったいま指されたばかりの大胆極まりない捨て駒戦略《サクリファイス》が検討された。

それはまったく新しい手だった。

ある者はそこに比類のない思考の明晰《めいせき》さと、情け容赦ない論理を見いだした。中には「これこそ、神のごとき想像力で指された不滅の名局だ！」と興奮して叫ぶ者さえあった。

その時アンディが指した手は〈ブルックリン・サクリファイス〉と名付けられ、その後多くの者によって検討、分析された。その結果、残念ながら、戦略の途中にある重大な見落としが発見され、不滅の名局の名声は失われることになる。

だが、アンディにとっては呼び名などどうでも良いことだった。

――目の前のゲームにどうしたら勝てるのか？

そのことこそが、そして、そのことだけが重要なのだ。

戦略に欠陥があるか否かなどは真の問題ではなかった。なぜなら完璧な手などというものは存在しないのだから（アンディは十歳にしてその事実に気づいていた）。

対戦相手に負けを宣言させる。

そのために必要なのは相手の戦意を喪失させること、この相手には自分は勝てないと思わせること、相手の心を折ることだった。

その意味でブルックリン・サクリファイスは、優勢にゲームを進めていた相手の心を折るために極めて有効な戦略だった。それがすべてなのだ。

アンディの生活は文字どおりチェス一色だった。

寝ても覚めてもチェスのことを考えた。

誰か知っている人が夢に出てくるような場合でも、彼らの動きはすべてビショップやルークの動き、あるいはナイトのような跳ね駒方式にかぎられた。人の顔をした駒、もしくは駒の形をした人が、アンパッサンで斜めに進み、キャスリングをすることでポジションを入れ替えた。

（h7で詰まそうとすると、黒には簡単な受けがある）

そんな寝言を言って周囲を驚かせた。

十歳の子供《アンディ》が、だ。

チェスに勝つためには一般的に言われる社会性、人間性、ましてや子供らしさなどといったものは、必要でないばかりか、むしろ邪魔だった。

アンディには、日常生活においても「無駄な手」を指す理由がわからなかったのだ。

24

「アンディ・ウォーカーか……。なつかしいな。彼は、僕にとってはまさに学生時代の憧れのヒーローでしてね」

ヒロさんは目の前に置かれたカクテルグラスに手を伸ばし、一口飲んで、ようやくほっとしたように口を開いた。

ダズンに入ってくるなり、袴田店長、リコ、安奈の三人に取り囲まれ、質問攻めにされたヒロさんは、しばらくは怯えた子犬のように首をすくめ、ろくに口をきくことさえできない有り様だった。しびれを切らせた袴田店長が、仕方がないといった顔で肩をすくめ、手早くカクテルをつくってヒロさんの目の前に置いた。

シェリーグラスに注がれた美しい琥珀色の液体。

ジン&イット。

ドライジンとスイートベルモットを合わせただけの古典的カクテルだが、それだけに作り手の個性が強く出る。

「はい。これは店からの香りだから。飲んで、話して」

ドリンク&トーク。

効果はてきめんだった。

命じられるままカクテルを一口飲むなり、ヒロさんの肩からすっと力が抜けた。

「そうか、アンディ・ウォーカーは日本にいたのか。噂には聞いていたけど、本当だったんだ。なるほどね……」

そう呟いたヒロさんは、遠い目になり、一人で納得したようにしきりに頷いている。

「ねえ、ヒロさんさ」

袴田店長が呆れたように口を開いた。

「店の香りでリラックスするのはいいんだけど、あたしたちにわかるように説明してくれない？だいたい、ヒロさんが話をちゃんと聞いてもらえる機会なんて、滅多にないんでしょ？」

ヒロさんは我に返ったように目をしばたたかせ、自分が注目されていることに改めて驚いた様子だった。

「えっ、僕の話？　聞いてくれるの？」

三人が同時にうなずくのを見て、ヒロさんは急に嬉しそうな顔になった。……どうやらバーでだけでなく、大学でも学生たちから無視されているらしい。

「さっきヒロさん、学生の頃って言ったわよね？」

袴田店長がみんなを代表して尋ねた。

「それって、おかしくない？　あたしは写真しか見たことないけど、アンディ何とかって人、少なくともヒロさんよりはだいぶ若く見えたわよ。ヒロさんが学生の頃って言うと……えーっと、いつだ？　なにしろ四半世紀以上も前の話でしょ？　当時、その人幾つ？　当時はまだ、ほんの子供だったんじゃないの？」

「子供もなにも、アンディ・ウォーカーは、わずか十三歳にしてすでに全米チェスチャンピオンになったんですよ！」

ヒロさんは目を輝かせ、まるで自分のことのように自慢げに鼻をひくつかせて言った。

「もちろん、最年少記録です。彼の記録はいまだに破られていません。しかもその時の彼の戦績ときたら！　驚くなかれ、六十戦無敗。そのあまりの強さに、当時アメリカ国内では、アンディが対戦相手に決まった時点で、自分から負けを申し出る者が続出したくらいです」

「いい年をした大人が？　十三歳の子供相手に？　ばかじゃないの？」

「いやいや。それがそうじゃないんだなア」

二杯目のカクテルに口をつけたヒロさんは、いつもの調子が出てきたらしく、にやにやと笑いながら立てた人差し指を振ってみせた。

「およそ人間が行う知的な活動領域の中で、数学と音楽、それにチェス。この三つだけが、思春期以前のごく若い年齢において真に創造的な成果をあげることができると言われているんです。

かのモーツァルト——音楽の神童と呼ばれた彼は、八歳になる前にすでに魅力的な旋律を多く作曲していましたし、ロッシーニが二つのバイオリン、チェロ、コントラバスのための六つのソナタを作曲したのは彼がまだ十二歳の時でした。

パスカルは十二歳でユークリッド幾何学の基本的公理及び定理を誰の手も借りずに一から再証明し、ガウスにいたってはわずか三歳の時に入り組んだ数学の計算をやってのけ、十歳になる前にはすでに自らが比類なき数学者であることを周囲にはっきりと証明していたのです。

そして同じ意味において、彼、アンディ・ウォーカーもまた、ごく幼い頃からチェスの才能を開花させ、周囲を驚かせたあの天才児《ナチユラルズ》の一人でした。アンディは十歳になるかならないかの頃から、早くも一人異次元のチェスを指して、われわれの常識を打ち破りました。彼が指す一手一手が、斬新で、かつ驚きに満ちたものでした。たとえば、そうだなア……」

とヒロさんは遠くを見る目になり、うっとりした顔つきで言った。

「彼が十四歳の時、全米選手権の決勝で七手目に指したQ－K２chの発見は、白番の可能性に関するわれわれ人間の理解に、それまで知られていなかった強力な一ページを付け加えるものでした。実際のメイトは二十四手先に訪れる。けれど、後から振り返れば――常に真に重要な問題は常に後から判明するものですが――アンディ・ウォーカーが指したあの一手によって勝負の行方は必然的に運命づけられていたのです。まったくのところ、ほかの何が滅んだとしても、あの素晴らしい一手の発見だけは、今後何世紀にもわたって語り継がれることになるでしょう。何より彼は……」

「あのさ、ヒロさん」

袴田店長が、うんざりしたように口を挟んだ。

「運命とか必然とかはどうでもいいからさ。あたしたちがいま知りたいのは、そんなことじゃなくて……」

だが、時すでに遅く、ヒロさんは(いつもの癖なのだろう)すっかり講義口調になって先を続けた。

「アンディ・ウォーカーのチェスは、当時主流だったいわゆるソヴィエト派——相手にスペースを与えないことを主目的とした〝さもしい封じ込め作戦〟〝つまらないチェス〟——とはまるで正反対のものでした。華やかで襲いかかるような攻撃と、キートン流の眼が回るような脱出劇。彼が指す斬新で驚きに満ちた一手一手は、文字通り革命的だったのです。

当時、僕たちアマチュアチェス競技者にとって、アンディ・ウォーカーの最新の試合を盤上で再現することは、それだけでしびれるような体験でした」

袴田店長が肩をすくめ、安奈に目配せをした。

これなら酔っ払ってつまらないジョークを言っている時の方がまだましな気もするが、ヒロさんにしてみれば〝他人の話を聞かないで話し続けること〟が大学で講義をするための唯一の方法なのだろう。

しばらくは話したいように話してもらうより仕方があるまい。

「……バッカみたい」

リコがあくびをしながら呟いた。

「アンディ・ウォーカーの指し手は、たとえて言うなら、良くできた短編小説のようなものです。誰もが思いもかけない展開の後に、さらに思いがけない手が待っている」

ヒロさんはいまや得意満面、聴衆を見回し、鼻の穴をふくらませて言った。

「まったく！　彼はいったいどうやってあんな手を思いつくことができるのか？　彼の指し手は、後になればそれが必然だった、その手しかなかったことがわかる。けれど、その手が指される一瞬前まで、そこにそんな可能性が存在したことにさえ誰一人気づかない――そんな手ばかりなのです。

あるいは、こうも言えるかもしれない。

〝アンディ・ウォーカーのチェスは、まるでモーツァルトの音楽のように美しい〟と。

彼の指し手は、最上のチェスとはただ勝利を得るための奮闘などではなく、それ以外の何か、つまり創造力、美、力、といったものの完璧な融合であり、理想的な調和のとれた状態であることを僕たちに示してくれる。おそらくそのせいで、彼がチェスの試合中の表情、あたかも狼が獲物に襲いかかるようなあの鋭い目付きは――実際には写真でしか見たことがないのですが――まるで神を相手にしているようにさえ見える……」

安奈は一瞬、ウォーカーの変質者的な目付きを脳裏に思い浮かべて、肩をすくめた。

ま、人の好みはさまざまだ。

「もっとも」

とヒロさんは周囲の呆れ顔には気づいた気配もなく、勝手に苦笑し、勝手に首を振って、勝手に先を続けた。

「正直な話をすれば、僕だって時々はいやになりましたよ。なぜって、僕らが一時間以上も懸命に頭を絞ってわからない最善手が、彼には盤を一目見ただけでわかるんですからね。〝アンディ・ウォーカーは次の手を読んでいるのではない、単に知っているだけなんだ〟。そんなふうに考えて、自分を慰めたものです。

いずれにしても、アンディ・ウォーカーはチェスというゲームが単なる個人の欲望や執念の産物でもなければ、個人の人生などという卑小な代物の比喩でもないことを僕たちに教えてくれました。チェスというゲームの奥行き、広がりは、個人の人生などといったものよりはるかに大きい。なぜといって、もしチェスが人間の個人的欲望や、あるいは人生の比喩程度の代物であったとしたなら、三千年とも四千年とも言われる長いチェスの歴史の中でとっくに必勝法がつくられているはずですからね。アンディ・ウォーカーはチェスの新しい可能性を開いてみせた。そのことによって彼は、ここ とはまったく違う別の世界の広がりを、言うなれば人間の知性の可能性を垣間見せてくれたのです。そしてまた……」

「あー、もう！」

とリコが、ついに我慢の限界をこえたらしく、頬をふくらませて声をあげた。

「あのさ、ヒロさん。頭悪いんじゃない？」

「へっ？」

「何言っているのか、ぜんぜん意味わかんないんだけど！」

「えっ？　あっ、そうか。そうですよね。まいったな。すみません。僕としたことが……」

ヒロさんははっと我に返った様子で首をすくめ、上目づかいに左右を見回した。

「えーっと、それじゃ……どうしようかな？　そうだ、実際にチェスをやってみましょうか」

ヒロさんはごそごそと革鞄の中を探り、お目当てのものを取り出すと、カウンターの上に広げた。

白と黒の市松模様が描かれた、二十センチ四方の薄い板。

折り畳み式の携帯用チェス盤だ。

プラスティック製の駒には属性を示す絵が描かれ、中に磁石が仕込んであるらしく、斜めにしても盤から滑り落ちない。

「へー、ヒロさん。いつもこんなもの持ち歩いているんだ」

袴田店長が煙草を唇に挟んだまま、感心半分、呆れ半分といった顔で呟いた。

「それじゃ、リコさん。ひとつ、お手伝いをお願いします」

「へっ、あたし？　無理無理。あたしチェスなんてやったことないから」

リコが慌てて手を振って言った。

「ルールなんかもよく知らないし……」

「ああ、それなら大丈夫です。僕の言うとおりに駒を動かしてもらえば良いだけですから。……さ、準備ができた」

ヒロさんは盤上の駒の配置を整え、リコの前に置いた。

「チェスでは必ず白が先番になります。というわけで、僕から。まず歩兵《ポーン》をf3に。ここですね。リコさんは黒のポーンをe5――このマスです――に進めてください。……はい、そうですね。次に白がこっちのポーンをg4に。そこですかさず、黒はクイーンをh4に。ここにお願いします。はい。これでリコさんの勝ちです」

「あたしの勝ち？　えっ、うそ？」

リコが目をしばたたかせて、頓狂な声をあげた。

「やった！　でも、なんで？　あたしまだ二回しか駒を動かしてないんだけど？」

「この手順は一般にフールズメイト――〈馬鹿詰み〉と呼ばれるもので、実際にゲームを行なった場合の最短の詰み手と言われています」

ヒロさんはそう言うと、盤上の駒を使って自陣の白の王様《キング》がどこにも逃れられないことを説明した。

「チェスでは白と黒の手をセットで〝一手〟と考えるので、これは二手詰みですね」

「勝ったのはいいけど、馬鹿詰みは嫌だな」

リコは複雑な表情で、唇を尖らせて言った。

「指し始めの配置から最初に白に可能な手は二十通り。それに対する黒の応じ手も二十通り。この時点で考えられる局面としては四百通りになります。はい、ここで問題です」

ヒロさんが盤から顔を上げ、リコに尋ねた。

「白と黒がお互い二回ずつ――つまりフールズメイトと同じ回数だけ駒を動かすとして、何通りの局面が可能でしょうか？」

「一手ずつで四百通りでしょ？　二手ずつなら、八百？　違うの？　もっと？」

「惜しい。残念ながら不正解です」

　ヒロさんがにこりと笑って答えた。

「正解は七万一千八百五十二通り。もっとも、これには白が通過取《アンパッサン》りできるものを含めていないので、実際には、えー、七万と二千……ま、これはいいか。つまり、さっきリコちゃんが指したのは、七万以上の可能性の中から選ばれた手だったのです。おめでとう」

「ありがとう。でも、七万って、なんか急に増えてない？」

「そうとも言えますね。ちなみに白黒がそれぞれ三回ずつ駒を動かしたあとの局面はおよそ九百万通りで、さらにチェス盤上で行われるゲームで四十手以下の異なる局面の総数は約25×10の25乗程度と概算されています」

「25×10の25乗って、いくつ？」

「いくつと言われても困るのですが……」

　ヒロさんは苦笑し、少し考えて答えた。

「一説によると、この宇宙に存在する電子の総数がおよそ10の79乗と言われているそうなので、それよりだいぶ大きな数ですね」

　リコは眉を寄せ、難しい顔になった。

「でも、それっておかしくない？　このチェス盤が宇宙より大きいってどういうこと？　全然小さいんだけど？」

「えー、それは、つまりこういうことです。そもそも数の概念というものはですね……」

と、また例の講義口調になったヒロさんを横目に見て、袴田店長が急いで口を挟んだ。

「そう言えば、ほら、なんだったかしら？　そうそう、たしか何年か前にチェスの世界チャンピオンがコンピューターを相手にして、負けたんじゃなかったっけ？　ニュースでやってるのを見たわよ。あれはやっぱり、人間はコンピューターには勝てないってことなのかしら？」

「ああ、それは違う！　ぜんぜん違います！」

ヒロさんは珍しく大きな声をあげ、ぶるぶると、見ている方が心配になるほど激しく首を振った。

「いいですか、あれは本来チェスとは何の関係もない、コンピューター会社の宣伝のためのイベントだったのです。なるほど、チェスの世界チャンピオンが、最新鋭のスーパーコンピューターを何台も連結させた特製のチェスマシーン、及びそのマシーンを操作する何人もの技術者を相手に七番勝負を行って、結果、一勝二敗四分けの成績で敗れたのは事実です。しかし、あれはチェスではなかった」

「なんだ。チェスじゃなかったんだ」

「いや、チェスと言えばチェスだったのですが……うーん、どう言えばいいのかな……」

とヒロさんは両手で頭を抱え込み、またすぐに、なにか思いついた様子で顔を上げた。

「音楽を考えてみてください」

「音楽？」

「たとえばピアノの自動演奏。コンピューターにモーツァルトが作曲した楽譜をプログラムしておけば、機械はそのプログラム通り、楽譜に書かれたすべての音符、休符、強弱記号といったものを忠実に、ただの一ヵ所の弾き間違いもなく、おそらくはピアノが壊れるまで永久に繰り返して弾き続けることでしょう。けれど、安レストランのBGMならともかく、少なくとも音楽ファンであれば、自動演奏されたモーツァルトの楽曲をわざわざお金を出して聞きに行く人はいないでしょう。なぜか？

いい、いい、い。
美しくないからです。

コンピューターによって一音の狂いもなく再生されたモーツァルトの音楽と、プロのピアニストが弾く音楽には、決定的な違いがある。音楽の専門家でない僕には、その違いを言葉でうまく説明することはできないのですが、それでもなぜ人にとって機械が奏《かな》でる音楽が美しく感じられないのか、その理由はわかります」

ヒロさんはそこで言葉を切り、三人の聴衆の顔を見回してこう言った。

「それは、機械やコンピューターには死というものがないからです」

＊

「機械は部品を取り替え、あるいは他の機械と連結することによって、死や、あるいは存在に限定されることがありません。もちろんそれは機械の長所でもあるのですが、けれど機械は、死や存在に限定されないがゆえに細部と全体を同時に考えることができないのです。

一方プロのピアニストは、常に音楽の全体をイメージしながら細部を演奏する。だからこそ、彼らの演奏は人の心を揺さぶるのだし、聴衆はそれを美しいと感じるのです。

チェスも同じです。なるほどあの時、チェスの世界チャンピオンは何台ものスーパーコンピューターを連結した特製のチェスマシーンと勝負を行ない、結果、敗れた。けれど、その時コンピューターが指した手をチェス盤上で再現しても、少しもわくわくしない。言葉を変えれば、それは少しも美しくないのです。ちょうど、自動演奏のモーツァルトを聞かされているように。

スーパーコンピューターが指すチェスとアンディ・ウォーカーのチェスとでは何かが、決定的な何かが違っているのです」

とヒロさんはそこまで一息に、まるで取り憑かれたように一息に話したが、ふいに我に返り、照れたように頭を掻いた。

「なんて、実は僕もよくわからないのですよ。チェスに関しては所詮アマチュアなものでしてね。世界トップクラスのチェスプレーヤーの頭の中がいったいどうなっているのか、彼らの目にこの世界がどんな風に見えているのか？　ちょっと覗いてみたい気もするのですが、たぶん、そんなものは見ない方が幸せなんでしょう。なんと言っても、チェスのチャンピオンシップの勝者は、しばしば五キロ以上も痩せると言うくらいですから……」

「えっ、五キロも痩せられるの？」

リコが、ようやく自分が理解できる単語が出たことで、飛びつくように口を開いた。

「いいなア。そんなに痩せられるんだったら、あたしもチェスやろうかな」

「勝者の方が痩せるの？　敗者の間違いじゃなくて？」

安奈が目を細め、久しぶりに口を開いた。

「チェスの勝負において何より難しいのは〝勝てるはずのゲームに勝つこと〟なのです」

ヒロさんが肩をすくめて答えた。

「一番ミスが出やすいのは、勝利が見えてきた時。プロのチェスプレーヤーがミスを犯すのは、たいてい詰め《チェックメイト》の直前なのです。実力が伯仲したプロ同士の対戦において終盤でのミスは、相手に引き分け《ドロー》のチャンスを与えることにほかなりません。勝ちと引き分けとではポイントが全然違いますからね。勝てるはずの勝負を引き分けに持ち込まれることは、負けに等しいのです。目の前にぶらさがった勝利を確実に手にすること。それが一番難しい。だからこそ、そう、チェスの対局の場合、一般に、負けた者よりも勝った者の方がより激しく消耗すると言われているのです」

安奈は目を細め、じっと考え込んだ。

ヒロさんの話を聞いてひとつわかったことがある。

アンディ・ウォーカーという冴えない中年男、自己中心野郎、およそ変人としか見えず、勝手に警護を依頼しておいて勝手に姿を消したあの男は、しかし、世界でもトップクラスのチェスプレーヤーであり、それはつまり、彼が難しい勝ちを何度も確実に手にしてきたことを、そのために一手のミスも許されない、恐ろしいまでの消耗戦を勝ち抜いてきたことを意味している。

だとすれば——。

手を伸ばし、ヒロさんの前に置いてあった携帯用チェス盤を引き寄せて、駒を並べ直した。

「教えて」

安奈は広げた両手をカウンターにつき、呆気に取られているヒロさんの顔を正面から見つめて尋ねた。

「これは、いったい何を意味しているの?」

25

〝近代チェスの父〟と呼ばれるヴィルヘルム・シュタイニッツは、一八九四年、エマヌエル・ラスカーに敗れるまで二十八年間にわたって世界選手権を保持した。

彼はしばしば真面目な顔で周囲の者たちにこう語ったという。

「私はついている。なにしろ、私以外のチェスプレーヤーはみんなシュタイニッツと戦わなければならないが、私はそうしなくてもいいのだから」

その後、彼を襲った二度の激しい発作のために、晩年は病院暮らしだったが、シュタイニッツは終生自分には離れた場所からチェスの駒を動かせる特殊な電気が使えると確信していた。

シュタイニッツは晩年、「自分はかつて神に勝負を挑み」、かつ「きわどいところで自分が勝った」と告白している。

ちなみに、この神との対局は電気を使った通信対局であったという。

シュタイニッツの後を継いだ第二代公式世界チャンピオン、エマヌエル・ラスカーは大の葉巻好きで知られ、対局中、強烈な匂いのする煙を煙草嫌いの対戦相手に吹きかけることを無上の喜びとしていた。

彼はチェスの原理を応用した独自の哲学を周囲の者に説いて回り、またいかなる政治問題もチェスの考え方を用いれば解決できると主張していた。

一八五七年、チェス界に彗星のように現れたポール・モーフィーは、ヨーロッパ中の並み居る強豪を打ち破った後、どんな相手に対しても〝ポーン落ち、黒番〟で勝ってみせると世界中に挑戦状を叩きつけた。が、誰からも相手にされず、彼は二十一歳の若さでチェス界を引退した。

世間を嘲《あざけ》る――もしくは世間から嘲られる――この行動の後、彼は二十五年間を隠遁者として過ごし、外出するのは午後の散歩と定期的なオペラ鑑賞だけだった。外出の際、彼は決まって同じマントをまとっていたが、これは親戚の者たちが自分の財産や、着ている衣服までを盗もうと狙っているという妄想に取り憑かれていたためである。彼は親戚の者たちが街の床屋に多額の報酬を与えて彼を殺そうとしていると固く信じており、散髪中、床屋が自分の喉《のど》を切ろうとする気配を察して、首にタオルを巻きつけたまま、シャボンだらけで店を飛び出してくることも珍しくなかった。

深い読みと華麗な攻めで知られ、〝史上最高の棋士〟とも称されるアレクサンドル・アリョーヒンは、実生活ではひどい乱暴者であり、また重度のアルコール中毒患者でもあった。ある対局中、彼はチェス盤と駒をトーナメント会場で投げ捨て、ホテルに戻った後は部屋の家具をばらばらにした。

一九三五年、ワルシャワで行われた大会に参加するためにポーランド国境でパスポートの提示を求められた際、アリョーヒンは「私はチェスの世界チャンピオンであり、チェスとチェックメイトという猫を飼っている。私にはそれ以上、いかなる証明書も不要である」と言い放った。

彼は、猫ぎらいの相手と対戦する時はかならず二匹を同行させ、対局中は二匹を相手にずっと話し続けていた。彼は自分には猫と話ができる能力があると信じていたが、不利な局面になると彼は猫たちを盤上に投げつけた。

二十世紀初頭にポーランドが生んだ偉大なチェスチャンピオン、アキバ・ルビンシュタインは、あるトーナメントにおいて「昨夜は悪霊が来て、自分を眠らせまいとホテルのドアを一晩中叩きつづけていた」と主催者に正式に苦情を申し入れた。彼はまた、常に敵に追われている追跡妄想に取り憑かれており、興奮するとしばしば窓から飛び降りて姿を消した。

ルビンシュタインとともに一時代を築いた名プレーヤー、アーロン・ニムゾヴィッチは、神経質で苛立ちやすく、喧嘩早くて、自分はいつも不当に扱われていると信じていた。

医者が運動するよう彼に勧めたところ、次の対局中、彼は突然、試合会場で頭を地面につけて逆立ちをした。あるとき彼は記者の質問に答えて「シュタイニッツは神に勝ったはずがない」と言ったが、その理由は「当時、シュタイニッツはすでに峠を越えていたから」というものだった。

一九七一年、オデッサで行われた世界チャンピオンへの候補者決定戦において、ビクトル・コルチノイは、チェスの対局中、テーブルの下で足を蹴ってきた対戦相手ペトロシアンに対し、顔面に拳骨を見舞って仕返しすることを少しもためらわなかった。

その後、コルチノイはスイスに亡命し、一九七八年の世界チャンピオンシップ準々決勝において、ソ連代表のペトロシアンと再びあいまみえる機会を得た。

対局は、奇妙な非難合戦から始められた。

まずコルチノイが「KGBが自分を拉致しようとしている」と本部に訴え出て、大会期間中、ボディーガードをつける約束を取りつけた。一方のペトロシアンは、「裏切り者コルチノイはセコンドとテレパシーで通信している」と非難し、「直ちに会場に超感覚的な通信を阻止する手段を講じるよう」主催者側に求めた。これに対してコルチノイは、ペトロシアンが対局中耳につけているのは単なる補聴器ではなく、モスクワに直通している通信機だと言って非難した。

大会本部は対局テーブルの下に急遽《きゅうきょ》板を立てさせたが、これは二人のグランドマスターが対局中に蹴りあうのをやめさせるためのものだった。

アメリカのチェス界に〝世界チャンピオン〟という思いもかけぬ栄冠をもたらしたアンドリュー・ウォーカーは常に携帯チェスを持ち歩いているが、伝えるところでは、彼が自分自身を相手に一人チェスを指す場合、いかなる魔術的働きによるものか、彼は常に勝つという。

ウォーカーはまた、対戦した相手に対して必ず横柄な態度をとることで有名である。

「勝利は虚栄心を満足させてくれる。敗北については自分は知らないので答えられない」

と嘯《うそぶ》き、

「チェスを指す目的は、単に敵を打ち破ることだけではない。相手の心を、肉体をも破壊することだ」

と。また、

「対戦中、相手の自我がだんだんぼろぼろになっていくのが手に取るようにわかる。最後に相手の自我を叩き潰した瞬間が、私にとって何よりの快感だ」

と公言している。

アメリカが生んだこのチェスの天才は、変人揃いのチェス界の中でも、とびきりの癇癪《かんしゃく》持ち、憂鬱質、支離滅裂な言動の持ち主として知られている。

26

「何を意味している？　これが？」

ヒロさんはすぐ目の前に迫った安奈の顔と、カウンターの上のチェス盤とを交互に見比べ、ぽかんとした顔で目をしばたたかせた。

「もうしわけない。質問の意図が、僕にはよくわからないんだけど？」

「なになに。どういうことなの、安奈ちゃん？」

袴田店長が脇からチェス盤を覗き込むようにして尋ねた。

安奈は無言のまま、軽く肩をすくめてみせた。

これがどういうことなのか？

わかっていれば苦労はない。

ウォーカーと蓮花が姿を消したあの時——。

ホテルの部屋のガラステーブルの上に、唯一チェス盤が残されていた。まるで二人はゲームの途中、突然気が変わり、ふいと部屋を出て行ったかのように、白黒の駒が指しかけのまま盤上にほうり出されていたのだ。

安奈は、ヒロさんの携帯用チェス盤とマグネットの駒を使って、ウォーカーが残していた局面を再現した。

盤にちらりと目をやり、もう一度駒の並びを確認する。

間違いない。

ウォーカーが残した盤上の配置だ。

ホテルの部屋で一度見ただけだが、メモは取るまでもなかった。

SPの任務では、図面を一目見て警護人員の配置状況を頭に入れることが求められる。

当たり前だ。

会場警護のさなかに、他のSPやその他の係の者たちの動きをいちいち確認している余裕はない。しかも、会場の警護態勢は時間によって変化するが、その動きも当然頭に入れておくことが前提となる。

こつは図面の一枚一枚を写真を撮るようにして頭に焼きつけること。

できなければ、SPになる資格はない。

元SPの安奈にとって、六十四マスに区切られた盤上に並ぶ白黒の駒——しかもゲームの終盤らしく、最初に比べて大分数が減っている——の配置を諳《そら》んじることは、さして難しい作業ではなかった。

　もしウォーカーが、ヒロさんの話どおり、世界トップクラスのチェスプレーヤーであり、同時にすこぶるつきの変人――チェスおたく――だとすれば、その彼がわざわざチェス盤を、しかも指しかけの局面のまま残したのには何か意味があるはずだ。安奈にむかってメッセージを伝えようとした可能性もある。だとしたら……。

　安奈は眉を寄せた。

　面倒くさい話だ。

　駒の動かし方くらいは一応知っているとはいえ、チェスに関して安奈はアマチュアなのだ。チェス盤やら駒やらで伝言されてもわかるはずがない。言葉は相手を選んで発しなければ意味がない。ましてチェス盤の駒の配置を通じて意思疎通ができる相手となれば、この地球上でも、ごく限られているはずだ。

　あとで誰かチェスに詳しい人物――昨日会った日本チェスクラブの事務局長、古賀にでも尋ねに行こうと考えていたが、目の前の人物が「アンディの最新の試合を盤上に再現することはしびれるような体験……彼の棋譜はモーツァルトの音楽のように美しい！」と言うほどのチェスおたくであるなら、彼に尋ねるのが一番手っ取り早い方法だろう。

　ヒロさんは、しかし、カウンターの上のチェス盤に目を落とし、しきりに首をひねっている。

「うーん。言われてみれば、これ、どこかで見たことがあるような、ないような……何だったかなア……」

「〝あるような、ないような〟って。ねえ、ヒロさん、あんた大学のセンセなんでしょ。それとも、あっ、わかった。本当は……」

「しっ!」

安奈は唇に指を当て、袴田店長の軽口を封じた。ここはひとまずヒロさんに頼るしかない。安奈が知らない言葉が飛び交う、別世界での出来事なのだ。爆弾のことは爆弾の専門家に任せるに如くはないのだ。

安奈、袴田店長、リコがそれぞれ、息を呑み、肩をすくめ、すっかり飽きた様子であくびをしながら見守るなか、ヒロさんはふいに顔を上げ、自分の額をぴしゃりと叩いた。

「思い出した!」

鞄を探り、中から一冊の本を取り出した。


『アンディ・ウォーカーのチェス入門』


「これはアンディが、当時最強の世界チャンピオンと謳われた〝アイスマン〟イワノフに見事に勝利して、アメリカにタイトルを持ち帰った直後に出版されたチェスの入門書です」

ヒロさんは眼鏡の奥の目を子供のようにきらきらと輝かせ、本のページをめくりながら早口に続けた。

「もちろん、あのアンディ・ウォーカーが自分で書いたわけはないのでしょうが――全米でまたたくまにベストセラーとなり、五十万部以上も売れたそうです。五十万部！　すごいですよね。チェスの入門書が五十万部も売れるなんてことは前代未聞にして空前絶後――これまでもないし、これからもない――おっと、失礼。学生相手じゃないから言葉の説明は不要でしたね。ついつい、いつもの癖で……どこだったかな？　そうだ、これだ！」

ページを開き、カウンターの上に広げた。

「これを見てください」

安奈、袴田店長、リコが、それぞれの興味の程度に応じて身を乗り出し、頭を突き合わせるようにして本を覗き込んだ。

ページ上に横書きのタイトル。

ユーリー・イワノフ　vs.　アンディ・ウォーカー
コペンハーゲン、一九八八
ワールド・チェス・チャンピオンシップ、第七戦

ページ中央にはイラスト風のチェス盤と駒が描かれている。だが――。

「ねえ、ヒロさん。なんかおかしくない？」

袴田店長が本のページと、カウンターの上に置かれた携帯用チェス盤とを交互に見比べながら口を開いた。

「えっ?　おかしい?」

「だって、本に載っているこの図と、こっちのチェス盤の駒の配置じゃ、微妙に違っているわよ」

「ああ、そのこと」

ヒロさんは頷いて言った。

「そう、だからパッと見てわからなかったんです。いいですか。この本に載っているのは、アンディが定石にないナイトのサクリファイスを使って、歴史に残る大逆転劇を演じたチャンピオンシップ第七戦、白番イワノフの投了図。こっちは、その一手前なのです」

ヒロさんは携帯用チェス盤を指さした。

「この時点では、誰の目にも白番有利に見える。事実、イワノフは定石どおりに、ビショップを引いて守りを固めた」

とヒロさんはチェス盤上のマグネットの駒——白のビショップ——に指を乗せ、盤上をスライドさせた。

「ところがアンディは、次の瞬間、誰もがあっと驚く手を繰り出した。何と彼は自陣のナイトをこのポジションに進めたのです」

ヒロさんは黒のナイトをつまんで別のマスに移動させた。

盤上の駒の位置が、本に掲載されている図と同じになった。

「情勢は一転しました」

ヒロさんは盤面を見つめながら、言葉を続けた。

「これで、白は有利どころか、まともに動かせる駒が一つもなくなってしまったのです。あたかも囲碁において白黒の盤面が一瞬にして反転するような、じつに鮮やかな逆転劇です。しかもアンディがその手を指すまで、その場に居合わせた誰もがそんな手があるとは少しも気づかなかったのですからね。この時点でイワノフは投了を申し出ました。試合後、彼は〝死と同じ完全な敗北だ〟。そんな言葉を青い顔で周囲の者に漏らしたと伝えられています。チャンピオンシップはその後もつづきますが、勝敗は実質的にはこの一手で決したのです。つまりアンディは、この一手によって、チェスの歴史に不朽の名を刻んだといっても過言ではない……」

「それで？」

「へっ？」

安奈が口を挟んだ。

ヒロさんはきょとんとした顔になった。

「それで、というと？」

「それで、この盤面はどういうこと？　何を意味しているの？」

「ですから、一九八八年のチャンピオンシップ第七戦において、アンディ・ウォーカーが〝アイスマン〟イワノフ相手に指した歴史的な一手……」

「そうじゃなくて」

と安奈は首を振った。

「ウォーカーがわざわざこの局面を盤面に残した意味は何?　この駒の配置には、いったいどういうメッセージが込められているの?」

「さあ、それは僕には何ともわかりかねますが……」

困惑した様子で首をすくめた。

「ヒロさん、やっぱり使えネー」

リコがのけ反《ぞ》るように天井を見上げて言った。


安奈はもう一度チェス盤と本を見比べて、ヒロさんに尋ねた。

「本のチェス盤には数字やアルファベットが書いてあるけど、これは何を意味しているの?」

「マス目を示す国際式表記のためのものです」

ヒロさんは答えられる質問が来たことで、明らかにほっとした顔になって言った。

「チェス盤のマス目は、ご覧のとおり、縦横八マスずつ、合計六十四マスに区切られています。国際式表記の場合、縦筋はaからh、横筋は1から8と定められ、このアルファベットと数字の組み合わせによって、それぞれのマス目が特定できるのです。たとえば、左下隅の黒マスは(a1)、手前から三列目、右から数えて三番目の白マスなら(f3)といった具合ですね。これに駒の頭文字であるK、Q、R、B、N、Pを振ることで、どの駒がどう動いたのか、動くたびにいちいち図に駒の絵を描き直さなくても説明することができるのです」

「紙に書いて」

安奈はペンとメモ用紙をヒロさんに差し出して、短く言った。

ヒロさんには通じなかったらしく、きょとんとしているので、言葉を足した。

「さっきヒロさんは、わたしが携帯用チェス盤に並べた局面から、本に出ているイワノフの投了図にするのに、白黒の駒をそれぞれ一回ずつ動かしたわよね？　その駒の動きを、国際式表記とやらで書いてみて」

「ああ。それなら……」

とヒロさんはさして考える様子もなく、メモ用紙に記号を書きつけた。

「これだけなの？」

カウンターごしにメモを覗き見た袴田店長が、呆れたように声をあげた。

Bb3, Nf5

「歴史的一手だなんだと大騒ぎしていたわりには、ちょっと愛想なさすぎるんじゃない？」

「真理とは、常にシンプルだからこそ美しいのです」

ヒロさんはメモを安奈に差し出しながら、袴田店長に向かって唇を尖らせてみせた。

「それに、国際式表記は駒の動きをできるだけシンプルに、かつ誰でも一目でわかるよう、考案されたものですからね」

「いまさら美しい、って言われてもねぇ。……あれっ。安奈ちゃん、どうかした？」

袴田店長は、受け取ったメモを見つめる安奈の横顔に目をやり、驚いたように尋ねた。

安奈は、もはや聞いてはいなかった。

目を細め、意識を集中して、懸命に頭を巡らせている。

袴田店長の言うとおり、ヒロさんの書いたメモはいくらなんでも簡単すぎた。

これだけで何か意味があるとはとうてい思えなかった。

だが、だったらなぜウォーカーはわざわざチェス盤にこの局面を残したのか？

やはり何か意味があるはずだ。

いったいどんな意味が……？

脳裏にふと、姿を消す直前、最後に目にしたウォーカーの姿が浮かんだ。

薄く開いたドアの透き間から半分ほど覗くウォーカーの顔。彼は小ばかにしたような薄ら笑いを浮かべて言った。

——インドのガンジー首相はボディーガードに殺されたんじゃなかったっけ？

安奈が何か言い返す前に、ドアが閉まった。

ウォーカーはあの時、急に何を思ったのかベッドから立ち上がり、部屋を出ていく安奈を見送ってドアまで来た。

何かがひっかかった。

奇妙な違和感。

無意識のうちに警護対象の行動パターンを分析し、次の行動を予測することは、ＳＰにとっては条件反射、いわば第二の習性だ。身体に染み付いた習性が安奈に告げていた。

あの時のウォーカーの動きは、それ以前の彼の行動パターンとはどこか違っていた、と。

――何だ？

ボディーガードとしての安奈への不信感の表明？

いや、そんなことはどうでもいい。問題は……。

ハッとして顔を上げた。

あの時、何を話していた？

安奈が部屋を出ようとすると、ウォーカーはポストカードを買ってくるよう要求した。

「アンディは……誰かと郵便チェスの対局中なのだと思います」

そう説明したのは、だが、蓮花であってウォーカーではない。もしかすると――。

「教えて」

安奈はヒロさんの顔を正面から見つめ、三度《みたび》尋ねた。

「国際式表記のほかにも、チェスの駒の動きを記述する方法はあるの？」

「そりゃ、まあ……ほかにもいろいろありますよ」

鋭い視線に射貫かれて、ヒロさんはすっかり怯えたように早口に言った。

「有名なところでは英米式記号――アングロ・アメリカン・システム。それから、電報チェス対局で用いられる通称ウエンデマン・コードと呼ばれるもの、あとは……」

「郵便チェスは？」

「はっ？」

「郵便チェスの場合はどう書くの？」

「郵便チェスですか。いやー、なつかしいな」

「なつかしい？　どういう意味？」

「郵便チェスは、僕が学生だった頃はわりあいに盛んだったのですが、最近ではネット対局が主流になって、すっかりすたれ気味でしてね。まだやってる人なんているのかな？　そうですね、郵便チェスの場合は国際式や英米式のアルファベットを使うのを文化的に嫌がる国の相手もいますから、もっぱら数字だけを用います。つまり、縦横それぞれの列に1から8の数字が振られ、各マスは11から88の二桁の数字で表されるのです。駒の動きは、動く前のマス番号と動いた後のマス番号の四桁の数字で表されることになります。たとえば、さっき国際式で書いた駒の動きなら……」

ヒロさんはメモ用紙を手元に引き寄せ、今度は少し考えながら、ペンを走らせた。

駒の一回の動きにつき四桁ずつ、合計八桁の数字。

安奈はメモ用紙を一瞥すると、無言のままポケットから携帯電話を取り出した。

頭に都内の局番をつけ、メモに書かれた八桁の番号を入力する。

「ねえ、安奈さん。誰に電話してるの？」

リコがのんびりした声で尋ねた。

「ねえ、安奈さんってば……」

「しーっ！」袴田店長が唇に指を当て、リコにむかって顔をしかめた。

「なによ。変な顔」

リコがぷっと頬をふくらませた。

何度かの呼び出し音のあと、回線がつながった。

息をつめ、耳をすませる。

録音音声らしき女性の声が答えた。

「はい。こちらはウザキメディカルクリニック、夜間受付です」

27

巨大な二つの塔が一瞬にして崩れ落ちる様子は、病院の待合室に置かれたテレビで見た。

最初は、自分の目が信じられなかった。

二〇〇一年九月十一日――。

アメリカの繁栄と権威の象徴だった双子の世界貿易センタービルに、ハイジャックされた二機のジェット機が突っ込み、二棟の巨大なビルは意外なほどあっけなく崩れ落ちた。

その様子が、繰り返しテレビ画面に映し出されている。

ジェット機の攻撃を受けた百十階建のツインタワーは、発生した火災による煙に包まれ、やがてあたかも巨大になりすぎた古代の生物が自重に耐え切れなくなって地面に倒れるように、ゆっくりと崩れ落ちる……。

さっきから何度も電話をかけているのだが、なぜか誰にも通じなかった。

テレビ画面のなかでは、またジェット機がビルの側面に吸い込まれるように衝突する様子が映しだされた。

現場に駆けつけたい、という激しい衝動が胸の内にわき起こった。だが——。

だめだ。

首を振り、懸命に自分に言い聞かせる。

テレビの画面を見るだけでも、現場はすでに救助のために集まった人々とマスコミ関係者、それ以上に多くのやじ馬たちでごった返している。いまさら自分が駆けつけたところで現場の混乱をいっそうひどくするだけだろう。それに——。

テレビ画面から目を逸らし、背後を振り返った。

手術中のランプはまだついたままだ。

自分にとってかけがえのない大切な人が、あそこで闘っているのだ。いまここを動くわけにはいかなかった。

それにしても、どうしてもっと早く病院に連れて来なかったのか。

判断の甘さがいまさらながら悔やまれて仕方がなかった。

昨夜から、肩が凝る、頭が痛いと言っていたので今朝になって病院に連れて来たところ、着いた途端に発作を起こして倒れ、そのまま意識を失ってしまった。

手術室に運び込まれ、緊急手術が行われることになった。

医師の説明を聞き、祈るような気持ちでロビーに戻ってきたところ、突然、テレビに世界貿易センタービルが崩落する様子が映し出されたのだ。

なんでこんなことに……。

しばらくのあいだは何も考えられず、呆然としてその場に立ち尽くすだけだった。

とても現実とは思えなかった。

悪い夢なら早く覚めて欲しい。

そう思い、目を閉じて何度も首を振った。

気がつくと、テレビの前はいつのまにか黒山の人だかりだった。

人込みを離れ、壁際に置かれた空いた長椅子にくずおれるように腰を下ろした。

大丈夫。

懸命に自分に言い聞かせる。

い、い、そんなことが起きるわけがない。

そんなひどいことばかり続く人生などあるはずはないのだ。

目を閉じる。

周囲の喧噪をよそに神に祈った。

神様、どうかわたしの大切な人たちをお守りください。わたしにとってかけがえのない人たちなのです。どうか神様……。

懸命に祈った。

祈り続けた。

だが、祈りに応えてくれたのは神ではなかった。

現れたのは、死神。

28

「ごめんなさい。アンディは一度言い出すときかないものですから……。本当にごめんなさい」

蓮花は申し訳なさそうにそう言うと、安奈に向かってもう一度深々と頭を下げた。

〈宇崎《うざき》メディカルクリニック〉の受付ロビーは、側壁が採光用のガラスになっているので朝日がきらきらと射し込み、寝不足の安奈の目にはひどく眩しく感じられる。

昨夜、ウォーカーがホテルに残したチェスの盤面をヒントに辿《たど》り着いた八桁の番号に電話をかけると、病院の夜間受付につながった。

ネットで検索すると、「ウザキメディカルクリニック」はＪＲ駒込駅近くにある個人経営の病院だった。

保険外診療を中心とした、金持ち相手のいわゆる〝プライベートクリニック〟だ。

夜間の急患受付は行っていない。

安奈はひとまず病院は翌朝訪ねることにして、それまでの時間にできるかぎりのことをすべて済ませておくことにした。

朝一番に病院を訪れ、正面玄関の自動ドアを入っていくと、受付前に置かれたいかにも高級そうなソファーに浅く腰をかけていた蓮花が安奈の姿を認めて立ち上がり、頭を下げた。

安奈は足を止め、かすかに眉を寄せた。

顔を上げ、額にかかる黒髪を指先でかきあげた蓮花は、朝早くからきちんとした身だしなみと完璧なメイク、相変わらず上品な、楚々とした雰囲気を醸し出している。一方、安奈は——。寝不足のむくんだ顔、見た目よりは動きやすさ重視の服装、口紅などいつひいたか覚えていない。比べるのも馬鹿馬鹿しいくらいだ。

もっとも、眉を寄せたのはそのせいではなかった。

蓮花は明らかに安奈の到着を待っていた様子だ。行動を先読みされるのは、元ＳＰとしては正直言って気分の良いものではない。

「わたしがこの時間に来るって、どうしてわかったの？」

蓮花とテーブルを挟んで向かい合わせに座るなり、まずそのことを尋ねた。

「どうしてって……」

蓮花は困惑したように首をすくめ、左右に目を泳がせた。

「わたしはただ……アンディが、そろそろ安奈さんが来るはずだからロビーで待っていた方がいいと言ったので、それで言われたとおり……」

「正確には？　ウォーカーは本当はどう言ったの？」

目を細めて先を促した。蓮花は一瞬ためらった後で、諦めたように口を開いた。

「正確にはアンディにこう言われたのです。『あの女にも、そろそろプロブレムの答えがわかるはずだ。もしまだわからないようなら、そんな馬鹿には用はない。馬鹿とつきあうくらいなら、虫けらのように殺された方がましだ』と……。ごめんなさい。アンディは、いつも口が悪いんです」

蓮花は肩をすくめ、ふいに何か思い出した様子でくすりと笑った。

「なに?」

「ごめんなさい。アンディは、安奈さんのことをよほど気に入ったんだなと思って……。彼が初対面の人を気に入るなんて、めったにないことなんですよ」

「気に入る? ウォーカーが? わたしを?」

安奈はさすがに唖然として尋ねた。

普通、気に入っている相手に対して「馬鹿とつきあうくらいなら、虫けらのように殺された方がましだ」などとは言わないのではないか?

「アンディは気に入った相手に対してはいつも口が悪いんです」

蓮花はにこりと笑ってそう言ったが……。

それなら気に入らない相手にはどうなるのか?

興味深い問題ではあったが、その点を問いただす前に蓮花が顔を寄せてきた。

「この病院にかかっていることは、ほかの誰にも知らせていないんです」

蓮花は囁くような声で言った。

「日本に立ち寄るたびに顔を合わしているジュンさんにも、教えていません。安奈さんをよほど気に入っている証拠です。アンディはさっきも『あの女には、良いセコンドがついている』と言っていました。だから……」

「セコンド？」

「あー、日本語で何と言いますか？　ボクシングの試合でコーナーにいる人。仲間？　支援者？」

ちょっと肩をすくめ、すぐに続けた。

「チェスの試合でもセコンドの存在はとても大事です。チェス盤の対局は一人孤独な闘いです。けれど、作戦とか、準備とか、良いセコンドなしでは良い対局はできません。最初の蒲田のホテルで、安奈さんに電話がかかってきました。部屋の外に行って電話して、戻ってきた時——アンディが言うには——安奈さん、急に〝闘う準備のできた顔〟になっていたそうです。だからアンディは『あの女には、良いセコンドがついている』と感心していました」

安奈は軽く顔をしかめた。

あの時、首藤主任との電話によって混乱した状況が整理され、また闘う気持ちを駆り立てられたのは間違いない。だが、そのことをまさかウォーカーに見抜かれていたとは思ってもいなかった……。

「アンディはいつも言っています。『良いセコンドを得るのは簡単なことじゃない。けれど、良いセコンドが一人いる奴には、他にも良いセコンドがいるものだ』と。だから『あの女はプロブレムを解いて、きっとここに来るはずだ』と言っていたのです」

蓮花はそう言って、にこにこと笑っている。

よくわからないが、信用してくれているのなら、せめて名前くらいは覚えてほしいものだ。

いずれにしても、これでなぜウォーカーがあのとき突然姿を消したのか、そして、なぜ〝指しかけのチェス盤〟などという奇妙な暗号風のメッセージを安奈に残したのか、その理由がようやく判明した。

品川のビジネスホテルに到着した時点で、ウォーカーはすでに具合が悪くなっていたのだ。不利な状況を悟らせないようにわざと平静を装い、あるいはことさら攻撃的に振る舞うのは、勝負を生業《なりわい》としている者の性《さが》だ。

だからこそウォーカーは外出する安奈に買い物を依頼し、わざわざ立ち上がってドアまで送って出た。

安奈が覚えた違和感はそのせいだ。

なるほどウォーカーはトップクラスのチェスプレーヤーかもしれないが、こと対人警護に関するかぎりは、安奈の方が専門の訓練を受けたプロだ。アマチュアがいくら偽装したところで、行動パターンに現れるブレは必ず伝わる。本来なら安奈は、警護対象の行動パターンがブレた時点で、その理由をその場で解明すべきであった。が、それにはいくらなんでも観察時間が短すぎたのだ。あの場合は、あとから気づいただけで良しとするしかない。

一方、ウォーカーが奇妙な形で安奈にメッセージを残した理由は明らかだろう。ウォーカーは、安奈が本当に信頼に足る人物であるか否かを確認したかったのだ。一般的に、プロとしての意識が強い者ほどアマチュアと組むのを嫌がる傾向がある。無論チェスの世界では安奈はアマチュアだ。それは仕方がない。だが、たとえジャンルは異なっていたとしても、本物のプロなら信用できる——。その気持ちは、実は安奈にもある。

「良いセコンドなしには良い対局はできません」

蓮花はさっきそんなことを言っていたが、対人警護についても同じことが言える。どんなジャンルにおいても〝良いセコンド〟なしには良い仕事はできない。言い換えれば、自分の周囲に良いセコンドを作れるか否かが、プロとしての条件なのだ。

安奈が本物のプロなら、残されたチェス盤のプロブレムを解いて（そのためには良いセコンドが不可欠だ）現れる。逆にプロブレムも解けないようなアマチュアなら、命を預ける相手としては信頼に値しない。そう考えたに違いない。

いささか歪んだ理屈ではあるが、理解できないわけではなかった。問題は——。

「どこが悪いの？」

安奈が低い声で尋ねると、蓮花は急にハッとした顔になった。

「腎臓が……」

そう言って、目を伏せ、唇をかんだ。

もっとも、ここまでは予想されたことだ。

宇崎メディカルクリニックの売りは最新の人工透析設備だ。わざわざ高い金を払ってこの病院を選んだ理由を推理するには、何も名探偵である必要はない。

ウォーカーが抱えている問題は腎臓の障害。おそらく、腎機能の低下を補うために定期的に人工透析を受けなければならないのだろう。

そう考えて、思い当たることがあった。

最初に会った時、マンションのキッチンでケーキを盗み食いしているウォーカーを見つけた蓮花は、突然人が変わったように怒り始めた。

「何度言ったらわかるの！　わたしに黙ってケーキを食べちゃ駄目って言ったでしょ！」

声を尖らせ、〝偉大なチェスプレーヤー〟であるウォーカーを、あたかも小さな子供を相手にするように、叱り飛ばした。

あれは医者から甘いものを禁じられていたからだったのだ。

蓮花はウォーカーの健康を気遣ったからこそ、ああして鬼のような顔で叱り飛ばした。子供と同じで、ウォーカーは放っておけば好きな物を好きなだけ食べてしまう。そう聞かされても、いまさら驚きはしないが……。

それにしても、目の前の蓮花の動揺ぶりは想定外だ。

安奈は眉を寄せた。

「そんなに、悪いの？」

「腎臓に……腫瘍《しゅよう》があって……」

蓮花は顔を伏せたまま、消え入るような声で言った。続きを待った。

「長くはない……ドクターはそう言っています」

余命宣告。

すると、悪性腫瘍——腎臓癌ということか？

「医者は、あとどのくらいだと？」

「ドクターが言うには、一年か……もしかすると……」

もっと短いかもしれないのだ。

安奈は内心、自分でも意外なほどの衝撃を受けていることに驚いた。感情が表に出ないよう気をつけながら、努めて冷静な声で尋ねた。

「ウォーカー自身は、そのことを知っているの？」

蓮花は、無言のままこくりと小さく頷いた。

——そういうことか。

安奈は唇をかんだ。

ウォーカーは、だから復帰したのだ。

自分があと一年しか生きられないから……いや、あと一年しかチェスを指せないとわかったからこそ、ウォーカーはもう一度表舞台に出てきた。自分がいまなお世界一のチェスプレーヤーであることを世界に、そして何より自分自身に証明するために。

ところが、その大事な復帰戦がはじまる直前、アメリカ大統領から親書が届いた。

対局中止の勧告。

政治などという下らない理由のためにだ。

ウォーカーが怒り狂ったのも無理はない。彼は世界中のマスコミが取材をする記者会見の場で、大統領からの親書に唾を吐き、破りすてた。そして、

――アメリカ合衆国の大統領は馬鹿だ。チェスの駒の動かし方もろくに知らない。

――馬鹿を大統領にするような国はテロの対象になる。9・11は馬鹿を大統領に選んだアメリカ国民が自ら招いた。いわば自業自得だ。

――ルールも知らないくせにチェスの試合に口を出す奴は、手のつけられない馬鹿野郎だ。

という例の発言になった……。

安奈は、さっきから顔を伏せ、体を固くして、細かく肩を震わせている蓮花の隣に席を移動した。

肩を抱き、顔を寄せて、低い声で尋ねた。

「良い情報と悪い情報。どっちを先に聞きたい？」

29

最後にジュニアの大会に出場したのは、十一歳になったばかりの頃だった。

アンディは最初、キングズレー牧師がもってきたジュニア大会への選手登録用紙を前に難色を

示した。

——いまさらジュニア大会でもないだろう。

そう思ったからだ。

実際その頃には、アンディの実力はジュニア大会クラスのレベルを超越していた。始める前から勝つことがわかっているゲームなど面白くもなんともない。

だが、キングズレー牧師は今回の大会だけはなんとか参加し、そして必ず優勝するよう、アンディに命じた。

「いいか、アンディ」

と牧師はチェス盤を挟んでアンディに向き合いながら、かんで含めるような口調で言った。

「優れたチェスプレーヤーは、単にチェスが強いだけではダメなんだ。勝つことが話題にならなくちゃならない。今度のジュニア大会で勝てば三連覇。過去、三年連続でこの大会で優勝した者はいない。つまり、アンディ、きみがジュニア大会三連覇を成し遂げた最初のプレーヤーになるんだ。きっと新聞やテレビが取材に来るだろう。チェスの大会で勝つことが、テニスやゴルフといったほかの競技同様、話題にならなくちゃならない。そしてはじめて、世の中で広くチェスが認められることになる。そのためにも、アンディ、今回の大会にきみはどうしても参加し、かつ優勝する必要があるんだ。いいね」

説得され、しぶしぶ頷いたものの、アンディは内心うんざりしていた。

正直言って〝広くチェスが認められる〟かどうかなど、少しも興味がなかった。そんなことより――。

「チェック」

アンディは自陣のクイーンを大きく動かして、言った。

キングズレー牧師は眉を寄せ、しばらく盤面を見つめたあとで、顔を上げた。

「見事だ、アンディ。この勝負はわたしの負けだな。ふむ。それじゃ次は、白番のニムゾヴィッチ防御の対応を試してみるとしよう……」

そう言いながら駒を並べ直すキングズレー牧師の薄くなった頭頂部を眺めながら、アンディは、ふいに強い失望を覚えた。

ボストン聖ジョージ教会チェスクラブの主宰者にして、アンディのトレーナーを務めるキングズレー牧師は、しかし、最近すっかりチェスの腕前が落ちた。

引き続きアンディに対して〝指導的な対局〟を行ってはいるものの、実際にはまともに勝負をしても自分の方が実力が上ではないかと思うことがしばしばあった。

もちろん、ここに来てアンディのチェスの実力が飛躍的に向上しているのは間違いない。だが、それを抜きにしても、最初に会った時に比べてキングズレー牧師は明らかにチェスが弱くなっている。

先日もアンディがトイレに入っていると、外で大人たちが声を潜めて噂をしているのが聞こえてきた。

つまり、アンディが各種のチェス大会に優勝し、またテレビで目隠し対局を行ったことで、聖ジョージ教会チェスクラブは有名になった。テレビや新聞、雑誌の取材がたびたび行われ、最近ではチェスクラブのスポンサーに名乗りを上げる企業も出ているらしい。それでキングズレー牧師はこのところ、アンディと一緒になってすっかり良い気になっている……というのだ。

アンディが用を済まして個室を出て行くと、大人たちは慌てた様子で口をつぐんだ。手を洗い、トイレを出ていくまで、大人たちは口をつぐんだまま、じろじろとアンディを見ていた。

キングズレー牧師が良い気になっているかどうかなど、アンディにとっては正直どうでもいいことだった。もちろん、大人たちがトイレで何を言っていたのか、キングズレー牧師に告げ口をする気もない。

重要なのはただ、チェスを指し、そして勝つこと。

それ以外に、この世界にいったいどんな意味があるというのか?

周囲の者たちは、なぜこんな簡単なことがわからないのだろう……。

「さあ、どうした? アンディ、きみの番だ」

促されて、チェス盤に向かった。

すぐに、すべての雑念が消えうせ、残っているのは複雑で、刺激的で、驚くべき可能性をはらんだチェスの局面そのものだけになった。

アンディは白番ニムゾヴィッチ防御の攻略法を完全に自分のものにした。

無理やり参加させられたジュニア大会で、アンディは当然のように勝ち進んだ。

大会当日の体調は万全とは言いがたかった。

前の晩ベッドに入ってから、ふと、アリョーヒン・ディフェンスに関する興味深い変化手順《バリエーション》を思いつき、その風変わりで複雑な手筋の研究に没頭しているうちに、気がついたら朝になっていたのだ。

アンディは、緒戦からあくびを連発した。

相手の手が退屈だったからだけではなく、本当に眠くて仕方がなかったのだ。

それでも簡単に勝ってしまうので、対局相手はてっきり目の前で連発されるあくびは新手の心理作戦に違いない、と思い込んだくらいである。

だが、迎えた決勝戦。

ゲームの終盤になって、アンディは突然長考に入った。

観戦者たちは最初、アンディがいったい何を考え込んでいるのかわけがわからず、お互いに顔を見合わせた。

盤面は誰がどう見ても明らかにアンディの優位だった。

対戦相手はなんとかドローに持ち込む手筋を模索しているものの、アンディ側によほどのミスが出ないかぎりは難しいだろう。この局面でいったい何を悩むというのか？

真相に気づいた時、周囲からざわめきが起きた。

アンディはなんと、決勝戦のさなか、椅子に座ったまま居眠りをしていたのである。

持ち時間は残り十分。

このまま目を覚まさなければ〝時間切れ負け〟と見なされる。

ここで、対戦相手がこのゲーム〝最大の悪手〟を指す。

居眠りをしているアンディに声をかけて、起こしたのだ。

アンディは何度かあくびをしたのち、当然のように軽く勝利をかっさらった。

史上初のジュニア大会三連覇。

〝偉業〟を成し遂げたアンディに、大会スポンサーでもあるテレビ局のスタッフがインタビューを行った。

大きなトロフィーを胸に抱えたアンディは、しかし、寝不足のせいもあってひどく不機嫌だった。インタビュアーに何を聞かれても、アンディは眠い目をこすりながらあくびをしていた。キングズレー牧師に言われて、しぶしぶ参加した大会なのだ。結局、わくわくするような対局は一度もなかった……。

インタビューの最後に、最近必ず聞かれることをまた聞かれた。

——次の目標はなんですか？　次に対戦したい相手は誰でしょう？

アンディは唇を尖らせ、頬をふくらませたままそっぽを向いた。

視界の隅でキングズレー牧師が顔をしかめるのが見えたが、無視した。

インタビュアーがアンディに言わせたい〝答え〟は分かっている。

いや、ある意味、全国区のテレビ局がわざわざチェスのジュニア大会のスポンサーになり、こうして優勝者にインタビューするのも、アンディにその〝答え〟を言わせたいがためなのだ。

大人たちの意図は見え見えだった。

いくら期待されようとも、分かり切った答えをわざわざ口に出して言う気にはなれなかった。

分かり切ったその〝答え〟。

アンディが今後〈最年少インターナショナルマスター〉、さらには〈最年少グランドマスター〉の称号を手に入れるためには、その前にどうしても倒さなければならない相手がいたのだ。

30

深夜一時。

表通りから一本入った路地の植え込み沿いに車を止め、しばらく様子を窺っていたが、予想したとおり人通りは完全に途絶えている。歩道に設置された街灯の間隔が広すぎて、街灯と街灯のあいだに深い闇ができる。これではむしろ、強盗や暴漢に獲物を物色する格好の状況を作り出しているようなものだ。わざわざこんな道を深夜に歩く馬鹿はあるまい。

「……行くぞ」

低い声で言って、車のドアを開けた。

前方にそびえ立つ、明かりの消えた建物をちらりと見上げた。

今度こそ失敗は許されない。

こんなことに、いつまでもかかわっている場合ではないのだ。今夜、なんとしてもカタをつける。問題は――。

「さっさと済ましちまいましょうよ」

背後から脳天気な声が聞こえた。

一瞬、闇の中で顔をしかめた。

もう少し使える奴かと思ったが、単なるバカだ。こいつと組んだことが、そもそもの間違いだったのかもしれない……。

最初は簡単な小遣い稼ぎのつもりだった。前金を受け取り、拳銃を手に入れる。次は標的《ターゲット》の写真を渡されて、「銃で脅してこいつを連れて来い。そしたら、残り半分の金をやる」と言われた。相手は所詮素人だ。すぐに片がつく、そう思った。バカを誘ったのも、二人の方がターゲットを拉致しやすいと考えたからだ。実際、もう少しでうまくいくところだった。だが、途中で妙な女が横からしゃしゃり出てきて計画が狂った。

そろそろ組の上の連中にも動きを怪しまれはじめている頃だ。今夜は本気でケリをつけなければならない――。

足を止め、背後を振り返って、小声で尋ねた。

「例のものは持ったな？」

「ばっちりですよ」

念のため、鞄を取り上げて、中身を確認する。

「ね、ばっちりでしょ？」

「……ああ、ばっちりだな」

鞄を返し、先に立って歩きだした。

日本には良い諺《ことわざ》がある。〝バカとハサミは使いよう〟。要は、使う側の問題なのだ……。

裏口から建物敷地内に入り、明かりのついた窓口を目指す。

〈夜間受付〉。

そう書かれた窓からなかを覗くと、「巡回中」の札が出ていた。

好都合だ。

思わず笑みが漏れた。

受付にお仕着せの制服を着た警備員がいれば、名簿には適当な偽名を書いておくつもりだったが、いずれにしても顔を見られる相手は一人でも少ない方が良い。

自動ドアを開け、暗い病院の中に足を踏み入れる。と同時に、鞄からひっぱり出した白い上っ張りを肩から引っかけた。

ここから先は誰かに会っても、医者か看護師だと思って顔など気にもかけないはずだ。

やはり白い上っ張りを羽織った相方を振り返り、廊下に出ていた空のストレッチャーを一台拝借するよう、目で指示した。

エレベーターを待ち、ストレッチャーごと乗り込んだ。

目指すは、最上階の五階だ。

ドアが開いた。

ストレッチャーを押して暗い廊下に出る。

廊下を進みながら、低い声で独り言を呟いた。

「そうだな。さっさと済ましちまうとしよう。……それで、あの頭のおかしな依頼人ともおさらばだ」

31

静まり返った一隅でチェスプレーヤーたちは
ゆっくりと駒を進める
チェス盤は彼らを明け方までひきとめる
憎しみ合う二つの色がぶつかる苛酷な世界に

内側に魔術的な強さを秘めた駒たち
堂々たる城《ルーク》、駿足の騎士《ナイト》、
武装した女王《クイーン》、全てを決する王《キング》、
斜行する僧正《ビショップ》、攻撃的な歩兵《ポーン》

プレーヤーたちがその場を去り

時が彼らを呑み尽くしても
儀式はまだ終わるわけではない

東方で火の手が上がったこの戦いは
今では全世界がその戦場《いくさば》となった
もう一つの戦い同様、このゲームにも終わりはない

気弱な王《キング》、邪《よこし》まな僧正《ビショップ》、血に飢えた女王《クイーン》、
屹立する城《ルーク》、悪賢い歩兵《ポーン》、
彼らは白と黒の境界を越え、
略奪し、戦いを始める

彼らは知らない、プレーヤーの巧みな手が
自分たちの運命を握っていることを
彼らは知らない、厳格な規則が、
自分たちの意志や、自由を支配していることを

プレーヤーもまた囚われの身だ
（古《いにしえ》のペルシャの詩人は言った）
黒い夜と白い昼という
もうひとつのチェス盤の

神がプレーヤーを動かし、プレーヤーが駒を動かす
その神の背後にいる神は、土埃と時間と夢と苦悩から
いったいどんなゲームを始めようというのだろうか？

（J・L・ボルヘス『チェス』）

32

深夜一時十五分。

突然、病室を襲った二人組の暴漢は、しかし、あっけなく取り押さえられた。

空のストレッチャーを押した男たちは病室の入り口に掲げられた名札に目をやり、無言で頷きを交わすと、ドアをゆっくりと引き開けた。

ストレッチャーを廊下に残して、明かりの消えた室内に忍び入る。

ベッドの上には、入り口に背を向けて横になり、肩口まで薄い布団を引き上げ、軽い鼾《いびき》をかいて眠る男――。

「……ウォーカーさん、回診ですよ」

背の低い小太りの男が冗談めかした小声で言いながらベッドに近づき、左手で掛け布団をめくり上げた。そのまま、右手に構えた器具をベッドの中の人物に押し当てようとして、ふいにその手を止めた。

「兄貴、まずいよ」

困惑した顔で振り返り、小声で言った。

「こりゃ、別人だ」

「別人だと？　そんなことがあるか」

長身、細身の男が、相方の肩越しに覗き込んだ。

ベッドの上、間抜けな柄のパジャマを着て眠りこけているのは、白髪頭の小柄な日本人の男だった。写真で何度も確認したターゲット――アンドリュー・ウォーカー――もしゃもしゃの髪をした、髭面のあの外国人とは似ても似つかない。なるほど、これならどんな間抜けでも間違いようがない。だが――。

「バカな。こんなはずは……」

呆然として呟いたそのとき、病室のドアが開き、部屋の照明が灯された。

明るい光に、一瞬、目が眩《くら》んだ。

ドアの前に立ったのは、背の高い、細身の男の影だ。

考えるより先に、本能的に影にむかって殴りかかった。

「罠だ。逃げろ！」

相方に声をかけたが、そのときにはもう小太りの男は脇を駆け抜けた後だった。

病室を飛び出した小太りの男は、薄暗い廊下に出て、左右を見回した。

非常階段を示す緑色のランプ。

途中の廊下に人影が一つ見える。

すらりとした細身のシルエット、それにあの髪形や体型は——。

女だ。

逃げる邪魔にはならない。

そう判断し、非常階段に向かってまっすぐに突進した。

「どけっ、どけー！」

大声で怒鳴り、念のため、手にしたスタンガンの先に青白い火花を閃かせた。バチバチという威圧的な電子音。きな臭い匂いが鼻をつく。だが、逃げるとばかり思っていた女の影が動かなかった。あるいは硬直して動けないのか？　それなら、突き飛ばして進むだけだ。

「どけよー、おらっ！」

女の影に体ごと突っ込んだ。

次の瞬間、身体がふわりと宙に浮かんだ。それから、空中で勢いよく回転し、病院の堅い廊下の床に背中から激しく叩きつけられた。息が詰まり、痛みに一瞬気が遠くなった。

「ごめんなさい」

朦朧《もうろう》とした意識の中、そっけない女の声が耳元に聞こえた。

「最近稽古不足なんで、手加減の具合が難しくってね。身体が丈夫そうな人で良かったわ。それに、ここは病院だから少々の怪我ならなんとかしてくれるわよ。すぐに本物の医者が診てくれるから、我慢して」

——身体が丈夫そうな人で良かった？　我慢して、だと。このアマ……。

怒鳴ろうとしたが、痛みのために声にならなかった。身体が全然言うことをきかない。

懸命に努力して、ようやく瞼《まぶた》を押し上げた。

つい鼻先、廊下の床に落ちたスタンガンを女の足がしっかりと踏みつけている。

誰かが廊下を近づいてくる気配がして、強引に両手首を背後に回された。

「中尾大樹。銃刀法違反及び建造物侵入の現行犯で逮捕する」

低い男の声とともに、手錠の冷たい感覚が手首にからみついた。

無理やり上体を引き起こされて、聞かれた。

「何か言うことはあるか？」

「……傷害の現行犯は……その女の方だろう」

「だとよ。どうする、冬木？」

面白がるようにニヤリと笑った首藤主任にむかって、安奈は無言で軽く肩をすくめてみせた。

「もう一人の男は？」

安奈が尋ねると、首藤主任は肩ごしに背後をふりかえり、無言で顎をしゃくってみせた。

「ちょっと見てきます」

廊下に座り込み、ウンウンと唸っている小太りの男を首藤主任に預けて、安奈は病室に向かった。

明かりがついているのは廊下からわかった。

「失礼します」

言って、ドアを開けた。

「よう、久しぶりだな」

ベッドの上にパジャマ姿であぐらをかいて座った白髪の小男が、ひょいと手を上げた。

「ご無沙汰しております、北出課長」

安奈はそう言いながら、すばやく視線を室内に走らせた。

病室を襲ったもう一人の男――李周明は、ベッドの足に背中をもたせかけるように床に座りこんでいる。頭を垂れ、眠っているように見えるのは、しかし、気絶しているだけだろう。片手に手錠をはめられ、ベッドの鉄枠につながれていた。

それだけのことを一目で見てとり、安奈の口元には覚えず微苦笑が浮かんだ。

大の男を一人――しかも、いくらチンピラとはいえ、暴力のプロである関東龍神会傘下のヤクザ者を瞬時にたたきのめし、かつ継続して動きを封じた現場にしては、病室には少しの乱れも見えなかった。

目を細め、ここで何が起きたのかを頭のなかで思い浮かべた。

首藤主任は殴り掛かってきた相手を躱《かわ》しざま、同時に最小限の動きで当て身を食らわして気絶させた——おそらく間違いあるまい。

たぶん、安奈にも同じことができる。道場でなら。病室というこの狭い空間で、相手の動きに合わせてとっさにスペースを確保し、すれ違いざま当て身を入れることは——実際にやってみなければ、どこまで可能かわからなかった。しかもその瞬間、病室にはもう一人の敵がいて、ドアにむかって突進していたという条件がつけば、同じように手際よく処理できた確率はぐっと低くなる。

悔しいが、これが現役と辞めた者との違いなのだ……。

「おいおい、何を考えてるんだ？」

北出課長が、安奈の顔に浮かんだ表情の意味を察して、呆れたように声をあげた。

「まったくおまえらときたら……。人がせっかく休みをとって〈人間ドック〉に検査入院しているところに押しかけやがって。その揚げ句がこれだ。おちおち休んでいられやしねえ」

「さっき覗いたときは、ぐっすりと眠っていらっしゃったようでしたが？」

「ああ、ぐっすり眠ってたさ」

北出課長はむくれたように言った。

「ジャングルのなかで虎をおびき寄せるために杭につながれた小ヤギみたいに、ぐっすりとな。……いいんだろ、これで？」

「はい。助かりました」

「首藤は？」

「廊下で別の男を確保しています」

北出課長はうんざりしたように首を振り、肩をすくめて言った。

「あとで首藤の奴に言っておいてくれ。病院に来るんなら、あのダークスーツはやめろってな。あれを見ると、自分が検査入院じゃなくて、死病にとりつかれているような気になる。だいたい人間ドックの入院患者を見舞いにくるか？　あいつ、頭がどうかしてるんじゃないのかね」

「伝えておきます。ほかには？」

「今夜の騒ぎはこれで終わりだろうな？　俺は明日も朝から検査があるんだ。こんな連中、さっさと連れて帰ってくれ」

そう言って、安奈に鍵を放ってよこした。

「北出課長、民間人に手錠の鍵を渡すのはどうかと思いますが……」

「知るか、そんなこと」

北出課長は面倒くさそうにそう言うと、ベッドの上にむこう向きにごろりと横になり、肩口まで掛け布団を引き上げた。

安奈は肩をすくめ、仕方なく鉄枠につないだ手錠を外しながら、思いついて声をかけた。

「病室の名札、まだ違ったままですけど?」

北出課長は背中を向けて寝転んだまま、肩越しに名札を投げてよこした。

「頼むから、ちゃんと戻しておいてくれよ。怒られるのは、こっちなんだからな」

ぶっきらぼうに言った。

「あっ、ち、もちゃんと戻しておくんだぞ。この真下だろう? 早く行け」

「……わかりました」

安奈は北出課長の世話焼きがおかしく、にやにやと笑いながら答えた。

まだ意識が朦朧としている男の脇に手を入れ、引きずるようにして、廊下に引っ張り出した。

「後日また、あらためてお見舞いにあがります」

「いいよ、来なくて。人間ドックなんだからさ。あと、出て行くときに、電気を消しておいてくれよ」

北出課長は相変わらずこっちを見ようともせずに言った。

「お休みなさい」

安奈は言われたとおり明かりを消し、小声で言って、病室のドアを閉めた。

33

一九八八年、コペンハーゲンで行われたロシア人世界王者〝アイスマン〟ユーリー・イワノフとのチャンピオンシップ・マッチにおいて、アンディ・ウォーカーの変人ぶりはいかんなく発揮された。

　試合開始に先だって、ウォーカーは「照明がどぎつすぎる」「観客は望ましくない」「写真は禁止」「試合開始時間が早すぎる」「入場料の三割をよこせ」、その他諸々の理不尽な要求をつきつけて大会関係者をひどく困惑させた。その上でウォーカーは、広間、テーブル、照明、チェス盤をいつものやり方で微細にわたって調べあげ、観客を三列分下げるよう主催者側に要求し、この条件を勝ち取った。

　試合が始まると、ウォーカーは一風変わったやり方で第一局を指した。

　ゲーム終盤、見ていた誰もが間違いなくドローになると思っていた局面で、彼は突然、理由もなくビショップを犠牲にして、負けた。

　第二局では、ウォーカーはさらに驚くべき手を指した。

　試合会場に来なかったのである。

　イワノフの不戦勝。

　だが、戦わずして勝ちを得たイワノフは、結果としてこれで調子を狂わせることになった。

　思わぬ形で勝ち二つを拾ったイワノフは試合の継続を渇望し、会場に来なかったウォーカーが出す様々な要求を無条件で受けいれた。

　一、二局を犠牲にしたウォーカーのこの〝サクリファイス〟は、周囲の者が思う以上にイワノフを混乱させたらしい。

イワノフは、三局目以降、これまでと同じように指すことができなくなった。そして、ウォーカーの指し手もまた、それまでとはまったく違っていたのである。

ウォーカーは続く七局中、引き分け二つを挟んで五連勝を収める。

ポイントは逆転して、六・〇対三・〇。

そのあいだも、ウォーカーのおそるべき不平の数々は、対戦相手であるイワノフと主催者を等しく悩ませ続けた。曰く、
大理石の盤では対局したくない。

審判の顔つきが気に食わないので替えろ（彼らはこのわがままを受け入れた）。

この国で売られているあめ玉の包み紙の音（？）がうるさい。

会場をテレビカメラがうろつくな。

隣室でモニターを見ている観客の数が多すぎる。

その他、あれこれ……。

ウォーカーは誰に対しても傲慢で、人当たりが悪く、鋭い牙を持った子犬のように吠え立てた。

チェスを指しているあいだも、ウォーカーは終始落ち着くことがなく、相手が次の一手をじっと思案しているそばで八百七十ドルの特注の回転椅子をせわしなく回しつづけた。手番の合間に爪をかみ、鼻をほじり、耳掃除をした。

彼のこの信じ難い無作法さと、子供じみた貪欲さかげん、他人の仕事や期待、威厳に対する徹

底した無頓着ぶりは、試合が進むにつれて対戦相手イワノフの精神をずたずたにしてしまった。

九局目が終了した後、イワノフは突如「自分の集中力が損なわれたのは、対局会場に秘密裏に仕掛けられた化学的、あるいは電子的装置のせいに違いない」と主張。対局区域の完全な科学調査を主催者側に要請する。

冷静沈着、それまでどんな苦しい試合展開にも表情ひとつ変えることのなかった〝アイスマン〟イワノフが、である。

物々しい雰囲気のなか会場の綿密な調査が行われ、その結果、イワノフ陣営は照明器具のなかに二匹の蠅の死骸を発見した。彼らは、さらなる分析のため、くだんの虫の死骸を自国の研究所に届けさせた——。

この時点で、もはや勝負の行方は決していた。

最初から最後までウォーカーの傍若無人な振るまいに翻弄されたイワノフは、本来の実力を発揮できず、一二・五対八・五の大差をつけられて世界チャンピオンの座を譲り渡すことになる。

試合後の記者会見において、イワノフは憔悴しきった様子で「死と同じ完全な敗北だ」というコメントを残した。

アンディ・ウォーカーのチェスは、まさに〝対戦相手を殺すべく〟して戦うものであった。

廊下の窓から見下ろすと、病院の裏手の車寄せにちょうど赤色灯を回転させたパトカーが数台、音を消して入って来るところだった。

首藤主任が早速、取り押さえた二人を連行するために手配したのだろう。

今夜は、病院に入院した北出課長を個人的に見舞いに来ただけだ。たまたま知り合いの見舞いに来ていた首藤主任と安奈が、たまたま北出課長の病室に押し入った暴漢と鉢合わせし、たまたま取り押さえた。

勤務時間外の突発的なアクシデント。

表向きは、あくまでそういうことだ。

安奈は首を巡らせ、病院の廊下のもう一方の端、非常口近くに立つ人影に目を向けた。

彫りの深い首藤主任の横顔。身体の力を抜き、表情を消して、ぼんやりと立っているように見える。が、もし足下に確保した男が逃げ出そうとしたならば、彼はたちどころに自分の勘違いを身をもって思い知ることになる。

安奈は、これ以上妙な考えを起こさないよう男のために祈り、その同じ男をさっき自分が手ひどく廊下の床に叩きつけたことを思い出して苦笑した。妙な考えどころか、あの様子では今夜一晩はまともに歩くことさえできないだろう。気の毒なことをした。現場で使うには、やはりもう少し普段から稽古をしておく必要がある……。

現場で、使うなら。

そう考えて、安奈の顔がすっと曇った。

任務は無事終了したのだ。

ここから先、もはや安奈の出番はなかった。


ウォーカーが残した盤面の謎を解き、宇崎メディカルクリニックに辿り着いたあの夜——。

安奈はSPを辞めて以来はじめて、一年ぶりに北出課長に連絡を取った。

突然の連絡にもかかわらず、北出課長は少しも驚く様子がなかった。それどころか、電話口で事情を説明しようとする安奈を遮り、自分は明日から休みをとって人間ドックを予約したこと、続いて病院名、病室番号、入院期間を事務的に告げたきり、それ以上はどんな話も頑《がん》として聞こうとしなかった。

「なあ、冬木よ」

北出課長は、面倒くさそうな口調で言った。

「俺は現役の警察官なんだ。定年まで無事に勤め上げて、年金だってもらわなくちゃならない。頼むから、面倒なことに巻き込むのはやめてくれないか」

「努力します」

言って電話を切り、そのまま待った。

案の定、すぐに向こうからかかってきた。

非通知の着信。

安奈は、電話を取るなり、尋ねた。

「条件は？」

「ウォーカー本人の身柄の引き渡しだ」

低い声が告げた〝条件〟に、安奈は一瞬息を呑んだ。

「聞け」

首藤主任は鋭く言った。

「暴対課に確認してもらったが、ウォーカーを狙っているのはやはり、組織から金で一本釣りされた連中だ。雇い主は外国人。それ以上はわからない。組織のルールに縛られないぶん、金で雇われた奴らはなにをしでかすかわからない。捕らえて、吐かせる。それしかない」

「しかし……」

「その代わり、アメリカ本国への送還は無しだ。勾留中の安全は保障するし、勾留期間も極力短くなるように根回しする」

安奈がなおも沈黙していると、首藤主任は一段と声を潜め、

「冬木。この件には政治家ルートで妙な圧力がかかっている。長引けば、こじれるだけだ。いったん身柄をよこせ」

そう言って言葉を切った。

安奈は唇を嚙み、目を閉じた。

——あとはお前の判断だ。

発せられなかった言葉が、闇の中から安奈に答えを強いていた。

北出課長も、首藤主任も、職務を離れたところで動いてくれている。これは言わば、個人的な貸し借りの問題なのだ。

短い沈黙のあと、安奈は目を開けた。

「……わかりました」

一呼吸おき、意を決して続けた。

「ただし、こちらにも条件があります」

翌朝、安奈は宇崎メディカルクリニックを訪れ、蓮花に会った。

——良い情報と悪い情報。どっちを先に聞きたい？

そう尋ねたのは前夜の打ち合わせを受けてのことだ。

〈良い情報〉。

正体の知れない襲撃者を捕らえるために、北出課長と首藤主任の〝個人的な協力〟を得て、罠を張る段取りがついた。

〈悪い情報〉。

その条件として、ウォーカーはいったん入管に身柄を勾留されることになる。

蓮花ははじめ、この取引に難色を示した。

それなら自分から入管に出頭しても同じではないか？

わざわざリスクを犯して罠を張る理由がわからない、そう反論した。

「聞いて」

安奈は上体を寄せ、至近距離から蓮花の顔を覗き込んで言った。

「現時点で、ウォーカーが何者かに狙われているのはまちがいない。けれど、相手の正体がわからない。だから、罠を張って、ウォーカーに接触する連中をおさえる。彼らが誰に雇われているのか、敵の正体をはっきりさせないかぎりは、自分から入管に出頭するのは危険すぎる賭けになる」

蓮花は形のよい眉を寄せ、なお釈然としない顔をしている。安奈は言葉をつづけた。

「約束する。必ず敵の正体をつきとめる。そして、その結果判明した敵の正体が誰であろうとも——たとえアメリカ合衆国大統領であったとしても、絶対に見捨てない」

蓮花は、安奈の目を正面からじっと見つめた。

目を逸らし、そっとため息をついた。

「……わかりました。アンディに話してみます」

そこから先は、意外にもスムーズに話が進んだ。

本人がもっとごねるのではないかと心配していたのだが、安奈の提案に対して、ウォーカーは軽く肩をすくめてみせただけだった。

まずは、ウォーカーの身柄を移すことだ。

転院先は南青山総合記念病院。

青山通りを一本入った霊園近くに位置するこの病院は、一般には知られていないが、警察関係者の利用指定を受けている。

そのぶん、多少の無理がきく。

安奈は、蓮花に言って、日本チェスクラブの事務局長、古賀氏に電話をかけさせた。

ウォーカーが青山の病院に入院したこと、さらには病室の番号をそれとなく告げる。古賀氏はしきりに心配し、すぐにでも駆けつけそうな気配だったので、

「アンディは、いつもの調子で食べ過ぎただけですから。二日もすれば退院できます。本人が『かっこうが悪いので来ないでください』と言ってます」

蓮花にそう言わせて、お見舞いに来るという申し出はなんとか固辞した。

古賀の部屋には盗聴器が残されたままだ。蓮花との通話は録音され、あるいは直接盗聴されているはずだ。

——情報が漏れていたルートを使って、逆に偽の情報を流す。

公安の連中がよくやる〝汚い手〟だ。が、この際、好き嫌いは言っていられなかった。古賀氏には気の毒ながら、もう少しのあいだ〝善意の第三者〟の役割を果たしてもらうしかない。

安奈同様ウォーカーの消息を見失っていた連中は、案の定、この偽情報に飛びついた。

気配を消して見張っていると、深夜、見覚えのある二人組の男が夜間通用口から病院に侵入。白い上っ張りをはおり、空のストレッチャーを押して、病室に現れた。

ところが、ベッドの上には標的《ウォーカー》とは似ても似つかぬ男が寝ていた。二人がそれに気づき、動

揺したところに踏み込んで、取り押さえた。

あまりにも計画したとおりで、いささか拍子抜けなほどだ。

〝入れ替わり〟の手品のタネは、改めて言うほどでもあるまい。蓮花が古賀氏との電話で告げた病室番号は、本当は人間ドックで検査入院している北出課長の病室の番号だった。夜の回診終了後、北出課長の病室の名札と、実際には一階下の病室に入院しているウォーカーの名札を差し替えた。

〈WALKER ANDREW〉

偽情報をもとに来た二人組の男は、その名札が掛かった病室に忍び込み、ベッドの上に北出課長の姿を発見したというわけだ……。

病院のエレベーターのドアが開き、数名の制服警官が現れた。

上官らしき一人が足早に首藤主任に歩み寄り、敬礼して、指示を仰いでいる。

途中、首藤主任が安奈の方にちらりと目をむけ、なにごとか言った。

身元保証。

後で話を聞きたければ、連絡先を教える。

多分そんなことだ。

制服警官が近づき、安奈の足下でうめいている男を二人がかりで引きずるようにエレベーターに引っ張っていった。安奈とは目を合わせず、一言も口をきかなかったのは、首藤主任から話を聞いた彼らなりの配慮だったのだろう。

安奈はポケットに入れた〈WALKER　ANDREW〉の名札を取り出し、手で弄びながら、暗い階段を降りた。

一階下、本来のウォーカーの病室には名札が外されている。

病室の明かりは消えていた。ウォーカーは眠っているのだろう。いい気なものだ。

安奈は名札をそっと元のように差し入れ、振り返って廊下の窓から病院の裏手を見下ろした。

深夜にもかかわらず、いつのまにかパトカーの周囲には大勢のやじ馬が集まっていた。白衣を着た医者や看護師、中にはパジャマ姿の入院患者の姿も見える。

場所柄、救急車なら見慣れているはずだが、同じ赤色灯を回転させるにしてもパトカーは珍しいのだろうか？

安奈は苦笑しながら首を振り、その時、パトカーの周囲に集まったやじ馬の中に見覚えのあるひょろりとした人影を見つけて唖然となった。

ウォーカーだ。

病室の明かりが消えているのでてっきり眠っているのだとばかり思ったら、やじ馬に紛れて連行される男たちを見物に行っていたのだ。

自分を狙っていた連中がどんな奴か見てみたい。

その気持ちはわからないではないが……。

安奈はふと胸騒ぎを覚えた。

理由を考える前に走り出していた。エレベーターを待つ時間ももどかしく、階段を二段飛ばしに駆け降りる。

静まり返った病院の中に、階段を駆け降りる安奈の靴音だけが鋭く響く。

——なんで……この胸騒ぎはいったい……？

階段を一気に一階まで駆け降り、廊下を駆け出した瞬間、胸騒ぎの正体に思い当たった。

——銃はどこだ？

走りながら、とっさに頭を巡らせた。

さっき病室を襲った暴漢二人は持っていなかった。身体検査をしたが、持っていたのはスタンガンだけだった。もちろん、今夜の目的を果たすにはそれで充分だ。だが——。

入管職員を装って蓮花のマンションに来たあの時、彼らのうち少なくとも一人は拳銃を持っていた。あの銃はどこに行った？　今、誰が持っている……？

病院裏の夜間通用口を駆け抜け、外に出た。

足を止め、目で探した。

——いた。

ウォーカーは集まったやじ馬の背後から首を伸ばし、まるで珍しい動物でも見物するように、パトカーに押し込まれる男たちを見ていた。

無事だ。

ほっと安堵し、額に浮かんだ汗を拭った。

杞憂か。

そう思った瞬間、視界の端に映った何かが意識の網に引っ掛かった。

対人警護の訓練を受けたSPだけが感じる違和感《ノイズ》。

やじ馬をかき分けて移動しながら、目を細め、違和感の元に焦点を合わせる。

ウォーカーのすぐ背後、人込みから一歩離れて、頭をスカーフで覆った小柄な外国人の女性が立っている。

彼女だ。

スカーフのあいだから覗く髪は黒。おそらくスラブ系の白人。年齢は四十歳前後。持ち物には金がかかっている。白っぽい薄手のコート。左肩から大きめのショルダーバッグ……。

——手から目を離すな。

首藤主任の声が耳元に甦る。

恐ろしい考えが頭に浮かんだ。

あのチンピラ二人は捨て駒だったのではないか？　最初からウォーカーを引っ張り出すための犠牲《サクリファイス》として雇われていたのだとしたら……？

「気をつけて、ミスター・ウォーカー！」

安奈の呼びかけに、ウォーカーが顔をしかめて振り返った。

と同時に、外国人女性がショルダーバッグに右手を入れるのが見えた。

バッグから抜き出したその手に、大型の自動拳銃が握られている。

「……メイトよ、ウォーカー」

外国人女性が無表情のまま低く呟く声が聞こえた。

安奈はとっさにウォーカーの前に立ち、両手を広げ、叫んだ。

「だめ！」

が、女性は無表情のままだ。虚ろに見開かれた彼女の目は、安奈を突き抜けて背後のウォーカーしか見ていなかった。

──撃たれる。

一瞬、父の笑顔が脳裏に浮かんだ。

閃光が走り、衝撃が身体を突き抜けた。

35

──こんなはずじゃなかった。なんでこんなことに……。

アンディは額に浮かんだいやな汗を手の甲でぬぐい、周囲を見回した。

──ここは……どこ？

一瞬、記憶が混乱する。

煌々《こうこう》と明かりの灯《とも》る、だだっ広いホール。

ホールの中央には、一列二十五卓、合計五十卓ものテーブルが平行二列に並べられ、まるで地獄まで続くレールのように見える。

レールの外側、テーブルの一方には、黒い上着を着て、むっつりとした顔で座る年配の者たち。一方、レールの内側には、ひょろりとした手足の長い少年がただ一人立っていて、凍てついた者たちの中をテーブルからテーブルへと軽やかに歩きまわっている。

ホールを支配しているのは、奇妙に張り詰めたような沈黙だ。

人のざわめく気配に、背後を振り返った。

観客が群れをなして立ち、首を伸ばして五十面のチェス盤を覗き込んでいる。観客のなかに知った顔を見つけて、慌てて顔をそらした。が、おかげで少し落ち着いた。

一つ大きく深呼吸をして、呼吸を整える。

そうだ。

地元の大学が主催したチェスの〝五十面指しイベント〟に参加していたのだ。

〝多面指し〟を行うのははじめてではない。だが、これまではいつも、アンディが一人で複数の者を相手にする対局ばかりで、逆の立場は初めてだった。

——だから少し混乱したのだ。

自分にそう言い聞かせ、改めて指しかけの盤面に目を落とした……。

街でポスターを見かけた時、アンディは最初たいして関心を覚えなかった。

どんな優れたチェスプレーヤーでも、同時に五十人を相手にして面白いチェスを指せるとは思えない。もうすぐ十三歳を迎えるアンディでも十人相手がせいぜいだろう。どうせ定石どおりの、詰まらない棋譜ばかりになるのは目に見えている。そんな見世物的イベントに参加する時間があるなら、過去の名人たちの棋譜を研究していた方がまだましだった。

だが、師匠であるキングズレー牧師がわざわざアンディを呼びつけ「あのイベントに参加しちゃいけない」と怖い顔で命令したことで、気が変わった。

いいだろう。

どうせいつかは対戦しなければならない相手なのだ。五十面指しだろうが何だろうが、ここで黒星をつけてやるのも悪くない。

そう思ったアンディは、キングズレー牧師には気づかれないよう、チェスクラブの名簿から適当に選びだした偽名を使って、密かにイベントへの参加申し込み手続きをした。

当日は度の入っていない伊達眼鏡をかけ、念のため頰に詰め綿という変装までして、誰にも気づかれないよう一人こっそりと会場である大学のホールにやって来た。

会場はいかにもイベント風の軽い雰囲気に包まれていた。

主催者による軽妙なマイクパフォーマンスの後、参加者がテーブルにつき、早速五十面指しのイベントが開始された。

彼は二列に並んだテーブルのあいだを、誰の顔も見ずに足早に歩きまわった。それぞれの盤の前で一瞬だけ立ち止まり、あるいは立ち止まることさえせず、通りすがりに自分の手を指す。バシッ、バシッ、と盤に強く叩きつけるように駒を動かし、すぐに次に進む。少考したり、頭を傾げることなどほとんどなかった。

イベント参加者の多くは、黒い上着のきちんとした格好をした年配の者たちだ。彼らはみなチェス盤を前にむっつりと座り、自分の手を進めて、彼が戻ってくるのを待っている。

五十対一。

時間はたっぷりある。

アンディは最初、対局途中で暇を持て余すことを心配したくらいだ。

事実、クイーンズ・ポーン・オープニングで幕を開けた盤面は、ずっとアンディに有利な形で進んでいた。

彼はまるで特急列車のようにテーブルからテーブルへと走りまわり、テーブルによっては〝一旦停止〟することなく駒を動かした。

三十分後には、多くのテーブルで対局者が頭をかかえ、あるいは早くも勝負を諦めて駒を倒す姿さえ見られるようになった。

一時間のうちに四分の一の対局者が姿を消し、二時間が経過した時にはテーブルに残っている者の方が少なくなっていた。

アンディは——むろん残っている。

当然だ。こんな条件でむざむざ負けるわけにはいかないのだ。

気を取り直し、改めて盤面を確認した。

さっきまでは、確かに有利な展開だったはずだ。だが、いつの間にかおかしくなっている。どこからだ？　アンディにはどこで自分がミスしたのか、どうしても思い浮かばなかった。

だが、まだ決定的に悪いとは言えない。

勝負はこれからだ。

次第に少なくなる対局者のあいだを、彼は誰の顔も見ずに足早に歩く。そして、彼が駒をつまみあげ、バシッと音を立てて盤に叩きつけるたびに、一人、また一人と対戦相手が減っていく。

また、アンディの前に彼が速足で近づいてきた。

一瞬立ち止まり、叩きつけるようにナイトを動かして、すぐにまた次のテーブルに移動する。

相手が目の前からいなくなったあとで、アンディはたったいま指された手を確認して、愕然とした。

――まさかこんな……。

ナイトの展開で、局面は突然もはや取り返しがつかないほど悪くなっていた。だが、それ以上にショックだったのは、その一手をアンディが少しも予想していなかったという事実だ。

アンディはきつく唇をかみ、目を細めた。

人間相手にゲームをしている気がしなかった。

五十人を相手にしていながら、彼の指し手は完璧だった。……いや、完璧などというありきたりの言葉ではとても言い表せない。たとえて言うならば、彼の操る駒一つ一つがまるで拳銃を持っているような感じなのだ。それぞれの駒が拳銃をかまえ、こちらの駒の心臓を一つ一つ、しかも重複なしに冷酷に狙いを定めている――そんな情景が脳裏に浮かんだ。

これはもうチェスとは言えなかった。

世界を打ち壊し、薙ぎ払い、破滅へと導く、絶望的な何か。

死神のゲームだ。

首を振り、何とか気を取り直して、ふたたび盤面に目を落とした。次の一手を懸命に模索する。局面を打開すべく、ここまでの相手の手にミスがなかったかどうかをもう一度検証してみた。

だが、眼前に当の本人がいないために、指された一手一手にはむしろ人間のものとは思えぬ妖気が漂っているようだった。ミスなど一切存在しない。ここから逆転するためには、よほど思い切った手が必要になる。ならば――。

アンディは少し考え、震える指で次の手を指した。

彼が戻ってきた。

盤を見て、駒に手を伸ばし、ふと首をかしげた。

「待てよ、この手はたしか……」

そう呟いて顔を上げ、はじめて正面からアンディの顔を見た。

緊張のために、胃がきゅっと縮まるのが自分で感じられた。

登録は、チェスクラブの名簿から適当に選んだ偽名だ。度の入っていない伊達眼鏡に、頰に詰め綿の変装までしている。

わかるはずがない。だが――。

彼はニヤリと笑うと、小首をかしげ、

「ははあ、ブルックリン・サクリファイスか。なるほどね。うっかりひっかかるところだったよ。……ま、ひっかかってもたいしたことはないんだけどね」

そう言ってクイーンの捨て駒を無視して、ビショップを動かした。その一手で彼は、アンディが苦心して改良に改良を重ねてきた〝ブルックリン・サクリファイス〟のアイデアを根本から、完全に打ち砕いてしまったのだ。

「ひい、ふう、み、と……。あと三手でメイトだな」

立ち去るまえに、ひょいと振り返り、思いついたようすでアンディに顔を寄せた。

「ごめんよ。でも、これでもだいぶ手加減したんだぜ。同世代のよしみというやつだな。大人たちばかり残ったんじゃ、面白くもなんともないからね」

耳元に囁くように言った。

——手加減？　同世代のよしみ？　こいつは……いったい何を言っているんだ？

アンディは呆然として盤から顔を上げた。


逆光でもないのに死神の顔はなぜかそこだけが闇で塗りつぶされたように真っ暗だ。

黒い仮面の一部がひび割れ、白い歯が見える。

世界を打ち壊し、薙ぎ払い、破滅へと導く、あの声が聞こえる。

「悪いことは言わない。その程度の才能なら、チェスなんて忘れた方がいいよ、お嬢ちゃん」

「〝アンドリュー・ウォーカーは、わたしの人生を奪い、姉を抹殺した。どうしても彼を許せなかった。日本に来たのは彼に復讐するためだった〟。——彼女、そう供述しているの？　へえ。あのチェスおたくの外人さん、見かけによらず、やるものだわね」

袴田店長がそう言ってさも感心したように首を振るので、安奈は思わず吹き出し、鋭い痛みを覚えて脇腹に手をやった。

36

深夜の病院での銃撃事件から三週間後——。

久しぶりにダズンに顔を出すと、袴田店長、リコ、広沢（ヒロさん）の三人が待ち兼ねていたように安奈を取り囲んだ。

店のドアに〈ＣＬＯＳＥ〉の札を出し、詳しい話を聞くまではどうあっても帰さないという顔つきだ。安奈としても、一応協力してもらった（？）手前、彼らには一通りのことは話すつもりだった。そのために首藤主任の許可もとってある。だが——。

しかめた安奈の顔を、リコが心配そうに覗き込んだ。

「ねえ、安奈さん。ほんとに大丈夫なの？　だって、まだそこ……」

白いギプスに包まれた安奈の脇腹を恐る恐る指さした。

肋骨二本の骨折と複数箇所での内臓出血。

病院に一度見舞いに来ているから、負傷の具合は知っているはずだ。

「大丈夫よ。このくらいは怪我のうちに入らない」

安奈はニッと笑ってみせた。

「怪我のうちに入らないって……ふつう、大怪我っしょ」

リコは隣にすわった広沢を振り返り、眉を上げて呆れた顔になった。

あの夜——。

ウォーカーの身代わりに撃たれた安奈は、結局三発の銃弾を受けながらも、外国人の中年女性から銃を取り上げ、その場に取り押さえた。

駆けつけた首藤主任に女を引き渡すと同時に、安奈は意識を失った。

気を失っているあいだ、頭のなかではなぜか〝セオドア・ルーズベルトは一九一二年に拳銃で襲撃された時、ポケットにメガネケースと五十枚の演説原稿が入っていたおかげで、肋骨を一本折っただけですんだ〟——そんな言葉がぐるぐると渦巻いていた。

もっとも、実際に安奈がジャケットの下に身につけていたのは、メガネケースでも五十枚の演説原稿でもなく、ケブラー繊維でできた防弾ベストだった。

高い弾性を誇るケブラー繊維製の防弾ベストは、銃弾は貫通しないが、被弾した際の衝撃はそのまま伝える。至近距離で三発撃たれ、肋骨二本の骨折と複数箇所での内臓出血だけで、致命的なダメージを受けずに済んだのは、まず幸運だったとしか言いようがない。

安奈は袴田店長の誤解を解くべく、中断した説明の先を続けた。

「現行犯逮捕されたあの容疑者――彼女の名前はアンドレア。アンドレア・ノーマン。〝子供の頃はチェスの神童と呼ばれていた〟彼女自身そう言っている」

「えっ」

神妙に話を聞いていたヒロさんが、なにか思いついたように急に声をあげた。

「アンドレア？　まさかそれって……」

「なになに。ヒロさん、彼女、知ってるの？」

袴田店長がカウンターごしに身を乗り出して尋ねた。

「あっ、もしかしてヒロさんの昔の彼女だったりして？」

「いえ。昔の彼女じゃないですし、知っているわけでもないのですが……」

「なによ、はっきりしないわね」

ヒロさんは、野次はいったん無視して、安奈に顔を向けた。

「アンドリューとアンドレア。どちらも英語での愛称は〝アンディ〟ですよね。しかも二人はほとんど同世代だ。しかし……まさかそんなことが今回の事件と関係していたんじゃ……えー、ないですよね？」

「へえ。どっちもアンディだって。面白い」

「どうなの、安奈ちゃん？」

安奈は自分に向けられた三つの顔を見回し、一呼吸おいて、こくりと頷いてみせた。

二人のアンディ。

そのささいな偶然が、アンドレア・ノーマンの人生にとっては、しかし、重大問題だったのだ。

いくつかの偶然が重なった。

例えば、二人の〝アンディ〟がチェスを覚えたのは同じ五歳の時。姉にチェスの手ほどきを受けた事情も同じなら、チェス大会で最初に優勝した年齢も同じ。二人とも〝ボストン出身〟だ(もっともアンドリュー・ウォーカーは、生まれてすぐフィラデルフィアに引っ越している)。

一方で、もちろん違いもある。

年齢はアンドリュー・ウォーカーが二つ上。

男女の違いは言うまでもない。

だが、むしろその違いのせいで〝チェスの神童〟アンドレアは幼い頃から、二歳年上の〝チェスの天才児〟アンドリュー・ウォーカーと、何かと比較される存在だった。

アンドレアが地区の小さなチェス大会で優勝した頃、ウォーカーは早くも全米で最年少チャンピオンになっていた。彼女がジュニアのチェス大会で連続優勝したときには、ウォーカーはすでに最年少グランドマスターの称号を手にいれていた。

〝天才児〟アンドリュー・ウォーカー。

先を行く彼の存在があったからこそ、アンドレアは幼くして〝神童〟と持て囃《はや》された。彼女は常にアンドリュー少年が持つ様々なチェスの最年少記録に追いつき、追い越すことを期待されたのだ。

たまたま愛称が同じだった。

それだけの理由で周囲が彼女に注目し、騒ぎ立てた。

キング&クイーン。

そう呼ばれ、二人の写真が並んでチェス雑誌の表紙を飾ったこともある。しかし——。

チェスの世界では、毎年何人もの神童が現れ、そして消えていく。神童と呼ばれる子供たちの中で、ほんの一部、ごく一握りの者たちだけが真の意味で才能を開花させ、一流のプレーヤーとして活躍することができるのだ。

数人の天才と、紙一重で天才に届かない多くの者たち。

その違いは天と地ほどにも大きい。

数人の選ばれた天才たちによってのみ、この世界はつくられている。

ただの一流では意味がないのだ。超一流のプレーヤーのみが生き残る世界。それがチェスという勝負の世界の残酷な現実だった。

一人の〝アンディ〟——アンドリュー・ウォーカー——は間違いなくチェスの世界における不世出の天才だった。彼の名前は、そして彼が残した棋譜は、チェスの歴史に永遠に刻まれることになるだろう。

だが、もう一人の〝アンディ〟——アンドレア・ノーマンは……。

彼女のトレーナーであったキングズレー牧師は、途中から彼女の実力の限界に気づいていたようだ。だからこそ、彼は自分の愛弟子であるアンドレアを大事に育てようとした。マスコミを使い、あるいはスポンサーをつけることで、彼女のその後の人生を守ろうとしたのだ。

なにも超一流のチェスプレーヤーとして生きることだけが人生ではない。いや、むしろ超一流のチェスプレーヤーと呼ばれる者たちに、彼ら自身の人生などは存在しない。歴代のチェスの偉大な名人《マスター》たちは、チェスというゲームに自分自身を捧げ尽くした結果、自我を食い荒らされ、正気を失い、その結果、まともな社会生活を営めなくなる者がほとんどだ。

キングズレー牧師は、アンドレアに別の人生があることを教えようとした。出場する大会を選び、あるいは対戦相手を慎重に選んで、彼女の人生がチェスに呑み込まれないよう配慮した。うまくいけば、アンドレアは全米の女流チャンピオンくらいになれたかもしれない。あるいは〝神童〟と呼ばれたキャリアをうまく利用して、マスコミ関係者として生きていくことも。

だが、予期せぬ事故が起きた。

地元大学のチェスクラブが、当時最年少GMになったばかりのアンディ・ウォーカーを招いて、アマチュアのチェスプレーヤー五十人を相手に〝五十面指し〟のイベントを行うことになったのだ。

キングズレー牧師は念のためアンドレアを呼び、イベントには参加しないよう釘を刺した。が、それが裏目に出た。アンドレアは師匠の命令に反発し、偽名でイベントに登録、当日は変装して会場にもぐりこんだ。

気づいた時には手遅れだった。

五十面指しという条件でも、アンドレアには勝ち目はなかった。そもそもの地力が違い過ぎたのだ。次第に追い詰められたアンドレアは、最後に自ら編み出した起死回生の戦略、〝ブルックリン・サクリファイス〟を仕掛けた。クイーン、ビショップ、ナイトと連続して犠牲にすることで勝ちを拾う奇手《トリック》だ。だが、ウォーカーは一目で彼女の目論みを見抜いた。アンドレア・ノーマンなどという相手の顔も名前も知らなくても、巷で少しでも話題になった新戦術は覚えていたのである。

ウォーカーは当然のように彼女の必殺のトリックを一目見ただけで見抜き、あっさりと粉砕した。その上で、立ち去り際、ウォーカーは彼女が五十人中最後の数名にまで残ることができたのは彼が手加減をしたからだと告げ、最後に——おそらくは親切心から——「その程度の才能なら、チェスなんか忘れた方がいい」と残酷な忠告をしたのだ。

なまじチェスを知っているぶん、アンドレアは、ウォーカーの言葉の意味を正確に理解した。それ以上に、ウォーカーの指し手のうちにちらりと垣間見たチェスの奥深さ——どこまでも続く真っ暗な深淵に打ちのめされた。

その後、彼女はすっかり自信をなくし、チェスを指せなくなった。駒を持つと手が震えた。そのうち、チェス盤に向き合うだけで吐くようになった。

それでもキングズレー牧師はじめ周囲の者たちの支えで、彼女はなんとかチェスを続けようとした。いまさらチェスをやめても、することなど何もないと思ったからだ。

だが、一年後、やっとの思いで参加したアマチュアのチェス大会で、彼女は全敗した。大事な局面になると決まってウォーカーの指し手が頭をよぎり、その影に怯えて少しも手が伸びないのだ。

限界だった。

アンドレアはチェスを離れ、数年遅れで学校に行くことにした。しかし、幼少期、子供らしいことなど何一つせず、チェスだけしかしなかったアンドレアが、いまさら同世代の者たちとの集団生活になじめるはずもない。学校をやめ、家に引きこもる生活になるのに、たいして時間はかからなかった。

抜け殻のような彼女を支えたのが、姉のマーサだった。もしかすると彼女は、自分が妹に最初にチェスなど教えなければ——あのとき〝ままごと遊び〟でお姫様役をやらせてあげていれば、妹もこれほどチェスにのめり込むことにはならなかったのではないか? そんなふうに思っていたのかもしれない。

何年か後、マーサはアンドレアのチェス大会優勝を祝うパーティーで知り合った男性と結婚して、家を出た。アンドレアは家から一歩も外に出ず、口をきくのは母と、時折訪ねてくる姉だけという生活を続けた。アンドレアはそれで満足していたのだ。結局この世界で大切な人、信頼できるものは、母と姉だけだ。それ以外の人やものと付き合う必要はない。このままずっと、この時間が続けば良いと願っていた。

だが、終わりは突然やってくる。

その日、アンドレアは久しぶりに家を出た。

前の晩から、母が肩が凝る、頭が痛いとしきりに訴えていたのだが、朝になっても症状がひどくなるばかりなので心配になって病院に付き添ってきたところ、病院に着いた途端、発作を起こして倒れ、意識を失ってしまったのだ。

そのまま手術室に運び込まれ、緊急手術が行われることになった。

医師の説明は脳梗塞《こうそく》。脳へのダメージが広範囲に見られるので、命が助かっても重度の麻痺が残る可能性が高いという。

アンドレアは呆然となった。それから、一刻も早く姉に連絡を取ろうと思い、電話をかけるべくロビーに戻ってきたところ、テレビにあの情景が映し出された。

崩壊する二本の巨大な塔。

アメリカの繁栄と権威の象徴だった双子の世界貿易センタービルに、ハイジャックされた二機のジェット機が突っ込み、二棟の巨大なビルは意外なほどあっけなく崩れ落ちた。

その様子が、テレビ画面にくりかえし映し出されている。

最初は、自分の目が信じられなかった。

姉が——マーサが、あの建物、ワールド・トレードセンタービル内にある銀行で働いているのだ！

アンドレアは震える手で携帯電話を取り出し、姉の番号にかけた。

だが、何度かけても電話は通じなかった。

アンドレアは壁際に置かれた長椅子に座り込み、自分に懸命に言い聞かせた。

そんなことが起きるわけがない。

そんなひどいことばかり続く人生などあるはずはないのだ。

目を閉じ、周囲の喧噪をよそに神に祈った。懸命に祈った。祈り続けた。

だが、祈りに応えてくれたのは神ではなかった。

現れたのは、死神。

*

「それじゃ、彼女のお姉さんはあの9・11事件の犠牲者の一人だったのね?」

「ええ。結局、遺体は確認できなかったらしいけど……」

安奈は眉を寄せ、袴田店長の問いにうなずいてみせた。

世界屈指の巨大建造物に燃料を満載したジェット機が突っ込むという未曾有の事態は、その場に存在するありとあらゆるものを徹底的に破壊した。当時ビルにいたと考えられる千人以上の人々の遺体もまた確認すらできない状況だったのだ。

「それで、彼女のお母さんはどうなったの?」リコが横から尋ねた。

「その日の手術は成功して、奇跡的に一命を取り留めたらしいわ」

「よかったじゃない」

「けれど、全身に麻痺が残った。自分じゃ何もできないくらいに。それに、言葉も」

「つまり今度は、彼女の方が母親の面倒を見る番になったというわけね？　ま、それは順番だから仕方ないっしょ」

リコはそう言って肩をすくめ、家族内介護に意外に理解のあるところをみせた。それから、

「あれっ？　でも、それじゃなんで今になって復讐だなんて……」

と言いかけて、自分で答えに思い当たったらしく、口に手をやった。

「あっ、そうか……」

安奈はリコにむかって無言でうなずいてみせた。

——なぜ今になって？

その質問の答えははっきりしている。

半年前、アンドレアの母親が病院で亡くなったのだ。

最後の一、二年はアルツハイマーも併発して、ほとんど意思疎通のできない状態であったという。

母親の葬儀を済ませた後、アンドレアはふたたび家に引きこもり、漫然とネットの映像を眺めて暮らす日々だった。そんなある日、彼女はふと映像タイトルに見覚えのある名前を見つけ、何げなくそのファイルを開いて、目が釘付けになった。

アンディ・ウォーカーの復帰戦直前の記者会見。

かつてアンドレアを軽々と打ちのめし、彼女からチェスを奪った天才少年——口元に皮肉な笑みを浮かべた、手足のひょろりと長いあの少年は、いまでは髭《ひげ》をのばし、額のはげ上がった中年

男になっていた。その彼がテレビカメラの前で顔を真っ赤にして、鬼のごとき形相でなにごとか怒鳴り散らしていた。

いったい何を言っているのか？

アンドレアは軽い興味を覚えて映像に目をむけ、ふいに正面から殴りつけられたような衝撃を受けた。

——アメリカ合衆国の大統領は馬鹿だ。チェスの駒の動かし方もろくに知らない。

——馬鹿を大統領にするような国はテロの対象になる。9・11は馬鹿を大統領に選んだアメリカ国民が自ら招いた。いわば自業自得だ。

アンディ・ウォーカーはそう言って、居並ぶテレビカメラの前でアメリカ大統領から届いたばかりの親書に唾を吐いてみせたのだ。

アンドレアはその映像をくりかえし見た。

姉は不幸にして9・11事件に巻き込まれて死んだ。彼女はテロとの戦いの犠牲になった。不幸だが貴い犠牲だった。そう思っていた。それなのにこの男は、姉の死を無意味な、馬鹿げた死だと言って、抹殺しようとしている……。

許せなかった。

アンドレアは、以前病院を訪ねてきた保守系議員の名刺を取り出し、怒りに震える指で番号を押した。

9・11直後、ネオコンと呼ばれる一部の保守系議員たちが事件の遺族を訪ねてまわっていた。

彼らの多くはもっともらしい顔でお悔やみを述べたあと、おもむろにある提案を持ちかけた。

——亡くなられた方のためにも、私があなた方に代わって国民に声を伝えましょう。

要するに彼らは、事件の犠牲者を〈テロとの戦争〉の象徴、政治目的の錦《にしき》の御旗《みはた》にしようとしたのだ。

事件直後、アンドレアの許にも、地元出身の保守系議員——だったか、その秘書だったかは忘れたが、ダークグレイのきちんとしたスーツを着た、でっぷりと太った男が訪れ、名刺を置いていった。

——亡くなったお姉さんのためにも、是非あなたの声をアメリカ国民に聞かせてください。

たしかそんなことを言っていたはずだ。

その時は母の看病でそれどころではなかった。が、今こそ彼に連絡を取るべきだ。

——アンドリュー・ウォーカーを抹殺してやる。

アンドレアは固く心に誓った。

彼女の激しい怒りは半《なか》ば報われ、だが、逆に言えば半ばしか報われなかった。

連絡を受けた議員は彼女と面会した際、いかにも残念そうに首を振ってこう言った。

——もう少し早く決心してくれていたら良かったのですが。

9・11から八年。

アメリカ国内ではいまだアラブ系住民への偏見と差別が続いているものの、事件後のヒステリックな反応はややおさまり、それ以上に政権が交代したことで、政策に変化が起きていた。議員自身、先の選挙で落選したばかりだった。いまさら事件の犠牲者の遺族の声だと言っても、選挙民の熱狂的な支持を取りつけられる可能性は低い。

とはいえ、つねに次善の策を考え、手を打つのが政治家という生き物だ。

少なくとも、大統領親書に唾を吐くウォーカーの映像は魅力的だった。必ずや愛国者の狂信的反発を引き起こすにちがいない。

そう考えた元議員は、アンドレアの意図を実現すべく走りまわり、可能なかぎりの手を打った。

結果として、国家反逆罪での起訴は予想以上の成果だ。

アンドリュー・ウォーカーのパスポートを失効させることまでやった。

アンドレアは、だが、なお満足しなかった。

アンドリュー・ウォーカーのこの地上からの抹殺。

彼女はそのことをくりかえし要求した。執拗なまでに。

元議員は次第に恐れをなした。そこで彼は、アンドリュー・ウォーカーが現在日本に滞在していることを確認すると、かつて日本の大物右翼政治家経由で付き合いのあった日本マフィア《ヤクザ》のボスの名前をアンドレアに告げ、

——パスポートを失効させたから、ウォーカーは日本を出国できない。同じ理由で、民間の警備会社も彼の保護依頼は引き受けないだろう。ウォーカーは丸裸だ。知り合いのヤクザのボスに、あんたに協力するよう話を通しておくから、あとは日本に行って自分でやってくれ。

そう言って、一切の係わりを断ったのだ。

「アンドリュー・ウォーカーへの復讐心に取り憑かれた彼女は、単身日本にやって来た。そして、その足で紹介された日本のマフィアのボス——関東龍神会の組長を訪ねた。ところが……」

安奈はそこで言葉を切り、肩をすくめた。

「あっ、そう言えば聞いたことがある」

袴田店長が何か思いついた顔で、手を打って言った。

「関東龍神会の前の組長って、たしか去年亡くなったんだわよね？」

安奈は軽くあごを引き、頷いてみせた。

何人《なんぴと》と雖《いえど》も死者に話を通すことはできない。

要するに、アメリカの地元元議員はアンドレアを日本へ厄介払いしただけだったのだ。言葉も文化も異なる日本に行き、しかも紹介された相手が死んでいたとなれば、アンドレアの異様な復讐熱も少しは冷めるだろう——そう思ったのかもしれない。

亡き組長を訪れたアンドレアの依頼を、関東龍神会は〝丁寧にお断り〟した。

安奈が最初、事件に「ちぐはぐな感じ」を覚えたのは、おそらくこの辺りの事情のためだ。

だが、関東龍神会の拒絶にも、アンドレアは少しも怯《ひる》まなかった。

彼女はアメリカを出国する時点で、地元元議員の裏切りをある程度予想していた。ドロップアウトしたとはいえ、かつては全米ジュニアチェスチャンピオンになったほどの頭脳の持ち主だ。

相手の作戦の裏をかき、二手先三手先の可能性を検討して動くことは、むしろ当然だった。アンドレアが関東龍神会の事務所を訪れたのは、単に彼らの協力を期待しての行動ではなかった。むしろ——。

「幸か不幸か、日本に来た時点でアンドレアは大金を持っていた」

安奈は軽く首を振り、一つ息をついて、先をつづけた。

「9・11の遺族に支払われた保険金。加えて、アメリカの政治家から今後一切関係を持たないことを条件に〝手切れ金〟として、かなりの額の金をもらったらしいわ。龍神会の事務所を訪れたアンドレアは、その際、事務所に出入りする何人かのチンピラの顔を覚えた。そして、後で個別に接触して、目の前に大金をちらつかせることで彼らを雇い、規制のうるさい日本でまんまと拳銃を手に入れた」

李周明に声をかけたのは、マレーシア出身の李が英語を話すのを耳にしたからだ。

アンドレアはさらに、李に金を払い、ウォーカーを捜し出して拉致してくるよう依頼した。

だがその一方で、安奈が土壇場で見抜いたとおり、彼らは所詮は捨て駒だった。

実際には、チンピラたちがウォーカーを拉致しようとして派手に騒いでいるあいだ——周囲の目が彼らに引き付けられているあいだに——彼女自身の手でウォーカーを抹殺することこそが真の目的だったのだ。

それが、かつて〝チェスの神童〟と呼ばれたもう一人のアンディ——アンドレア・ノーマンの新戦術《トリック》だった。

「かわいそうに。狂っちゃってたのね」

袴田店長が首を振って言った。

「チェスなんて、要するにただのゲームでしょ？　そんなもののために人生を棒にふるだなんて……」

安奈は、答えなかった。

アンドレアにとって、チェスはただのゲ、ー、ム、などではなかった。人生と引き換えにしても惜しくない何か。否、自分のちっぽけな人生などより、はるかに意味のある何ものかだったのだ。

彼女はこう言っている。

「たった一度、ウォーカーと対局したあのとき、わたしは一瞬、真の意味で世界の奥深さを、永遠と無限を垣間見た。わたしがどれほど渇望し、手を伸ばしても、決して手の届かないその場所。あの風景をちらりと見せておきながら、すぐにそれをわたしから決定的に奪い去ったウォーカーが許せなかった。本当は、姉を抹殺したこと以上に、そのことの方が許せなかったのだ」

「それで、アンドリュー・ウォーカーは今はどうしているんです？　元気なんですか」

ヒロさんがじれたように口を開き、身を乗りだして安奈に尋ねた。

「たしか、そろそろ出国時期が決まる頃だと聞きましたが……？」

安奈はヒロさんに顔をふりむけ、軽くうなずいてみせた。

病院での騒ぎの後、ウォーカーは警察と入管の手で拘束され、牛久《うしく》の入管施設に収監された。容疑は〝無効なパスポートを持って日本に入国した〟入国管理法違反。

通常ならば簡単な取り調べのあと、国籍のあるアメリカに強制送還されるところだ。

ところが、ウォーカーが収監されると同時に、牛久の入管施設には国内外のマスコミが殺到した。

〝チェスの偉大な世界チャンピオン、日本で捕まる〟

〝入国管理法違反？　アメリカ本国では国家反逆罪で起訴〟

〝チェスチャンピオン、日本への亡命を希望か？〟

などと、日本語のみならず、英語、ドイツ語、フランス語、中国語、韓国語、その他数多くの言語によって、各国メディアが大々的に取り上げたのだ。

もし日米の政府がひそかにことを運ぼうとしていたのであれば、その思惑は完全に打ち砕かれた。

国家反逆罪などという大仰な罪状だったことが、事態をいっそう面倒にしていた。各国の人権NGO、さらには国連の人権委員会までが調査に乗り出し、日本政府はウォーカーの身柄を簡単にアメリカに送還できなくなったのだ。

タイミングからして、情報があらかじめリークされていたのは明らかだった。

日本政府及び外務官僚たちは慌てふためき、どこから情報が漏れたのか、やっきになって犯人捜しを行ったようだが、真相は結局わからずじまいらしい。

――アメリカ本国への送還はなしだ。

首藤主任はそう言ったが、まさかこんな手を打ってくるとは思ってもいなかった。もっとも、尋ねたところで首藤主任が認めるとは思えないが――。

「……安奈さん？」

考えごとをしていたので、声をかけられてはっと我に返った。

「なんか怖い顔してるけど、大丈夫？」

リコが恐る恐るといった様子で顔を覗き込んでいた。

安奈は苦笑して、首を振った。

――いつも誤解される。

嫌なことを考えていたわけではない。

むしろ逆だった。

撃たれた安奈が命にかかわる大怪我を負わずにすんだのは、着用していた防弾ベストのおかげだ。

北出課長があのタイミングで防弾ベストを送ってきてくれた。なぜか？　首藤主任が話したから以外に考えられない。安奈がやっかいな事態に巻き込まれていることを、そして敵対する者たちのなかに銃を持った者がいることを、首藤主任は北出課長に話した。彼らは安奈が途中で投げ出すとは思っていなかった。だからこそ、危険な事態を想定して防弾ベストなどというものを送ってきてくれたのだ……。

あとで聞いた話だが、安奈が撃たれて、気を失ったまま病院にかつぎ込まれた時、北出課長は大騒ぎだったらしい。検査の結果、命に別状はないとわかった後も、精密検査だ、絶対安静だと騒ぎ立て、医者から「ここは病院なので静かにしてくれ」と叱責を受けたそうだ。

鎮静剤を打たれてしばらく眠り、目を覚ますと、枕元に祖父がいた。いつからそこに座っていたのかわからない。祖父は安奈が目を覚ましたのに気づくと、

「気が向いたら、一度こっちにも顔を出せ」

ぶっきらぼうにそれだけ言って、帰って行った。

なんにしても、帰る場所があるというのは良いものだ。

意外な驚きもあった。日本チェスクラブの古賀氏をはじめ日本のチェスクラブの人々が、ウォーカーが収監されたことがわかると、たちまち八面六臂、獅子奮迅の働きを見せたことだ。ある者は日本の政治家に働きかけ、ある者は財界の大物に、またある者はつてを頼ってマスコミを動かし、と予想外の政治力を発揮した。彼らの活動を抜きにしては、こんな短期間でウォーカーの身柄を自由にすることはできなかっただろう。

さらに、予期せぬ方向からの援護射撃もあった。

かつてウォーカーと世界チャンピオンの座を争った〝アイスマン〟イワノフが、アメリカ大統領宛てに、

「もしウォーカー氏をアメリカの監獄につなぐのなら、私も一緒に捕えて彼と同じ刑務所の部屋に入れてください。但し、その時はチェスセットの差し入れを忘れずにお願いします」

と皮肉の利いた公開書簡を発表し、各国マスコミがこれに飛びつき、大いに盛り上がった。

また、国内でも将棋界のスーパースター、丹羽《にわ》名人が日本の総理大臣宛てに「不世出の天才アンディ・ウォーカー氏に日本国籍を与えてほしい」と求める手紙を送った。丹羽名人の手紙は、それまでチェスなどまるで関心のなかった日本の世論を喚起する大いなるきっかけとなった。

こうした内外の圧力に屈する形で、日本政府が重い腰をあげた。

「日本国籍を与えることはできないが、もしウォーカーに国籍を与え、パスポートを交付する国があるなら、特別にその国への出国を許可する」

という声明を発表したのだ。

無論、裏でアメリカの意向を受けてのことだろう。

本来ならパスポート交付国への出国を日本政府が〝特別に許可する〟もなにもあったものではないのだが、日米の政治的状況を考えれば上出来というしかあるまい。

日本の声明を受けて、アイスランドが手を上げた。

――偉大なるチェスの元世界チャンピオン、アンドリュー・ウォーカー氏を、敬意を持って我が国の国民として迎え入れる。

北極圏に近い、小さな、だが誇り高き国から届けられた新たなパスポートを手に、アンドリュー・ウォーカーは晴れて自由の身となった。

数日後には、日本を出国する手筈となっているはずだ。

聞くところによると、蓮花も一緒にアイスランドについて行くつもりらしい。そう、彼女ならきっと〝良いセコンド〟になるだろう……。

「でも、よかったんじゃない」

さっきからガイドブックをぱらぱらとめくっていたリコが、安奈に顔をむけて言った。

「アイスランドっていい国みたいよ。〝人口に対するチェス連盟への加盟率は世界一〟なんだって。……どういう意味？」

顔を上げ、どうやら返事がないことを確認すると、肩をすくめ、ふたたびガイドブックに目を落とした。

「ま、ずいぶん寒い国みたいだけどね。あっ、でもそのぶん、温泉が有名みたい。いいなア、温泉。そう言えば、レンちゃんに聞いたんだけど、来年リオでなんかの試合があるんでしょ？　あのオジサン、温泉つかって元気になって、これからバンバン活躍するかもよ」

リコの無邪気な発言に安奈はちらりと笑い、アイスランドの青い空を思い浮かべた。

そうなることを切に願った。

＊この作品はフィクションです。たとえ、実際の人物、団体、事件その他に類似する点があったとしても、それは単なる偶然にすぎません。

＊作品中に引用したボルヘスの「チェス」は、Jorge Luis BORGES “SELECTED POEMS” (PENGUIN CLASSICS) からの勝手な訳文です。

＊この物語を書くに当たり『完全チェス読本』①〜③（毎日コミュニケーションズ）他、可能な限り関連資料に目を通し、参考とさせて頂きました。また、塩見亮氏に大変お世話になったことをここに附記し、感謝を捧げます。

柳広司（やなぎ・こうじ）
一九六七年三重県生まれ。神戸大学法学部卒。二〇〇一年、『黄金の灰』でデビュー。同年、『贋作「坊っちゃん」殺人事件』で朝日新人文学賞受賞。二〇〇九年『ジョーカー・ゲーム』で吉川英治文学新人賞と日本推理作家協会賞を受賞。同年刊行の『ダブル・ジョーカー』は、『ジョーカー・ゲーム』に続き二年連続で「このミステリーがすごい！」の二位に選ばれる。
他著に『新世界』『トーキョー・プリズン』『虎と月』などがある。

装幀　岡　孝治　　写真　中村　淳

N.D.C.913　294p　20cm

キング&クイーン

二〇一〇年五月二七日　第一刷発行

定価はカバーに表示してあります。

著者　柳《やなぎ》　広司《こうじ》
発行者　鈴木　哲
発行所　株式会社講談社
東京都文京区音羽二―一二―二一　〒一一二―八〇〇一
電話　編集部　〇三―五三九五―三五〇五
販売部　〇三―五三九五―三六二二
業務部　〇三―五三九五―三六一五
印刷所　凸版印刷株式会社
製本所　黒柳製本株式会社

ISBN978-4-06-216223-4